P9-DVD-480

WASHOE COUNTY LIBRARY

3 1235 01140 2299

IV

APR

DATE DUE

JUL 1 5 1997		
6/27/13		
DEC 0 9 1997		
DEC 2 3 1997		
MAY 1 6 1998		
JAN 1 2 1999		
MAR 1 6 1999		
MAR 0 3 2004		
OCT 2 6 2005		
MAR 0 9 2006		
APR 0 6 2006		
APR 0 6 2006		
MAR 0 2 2007		
JUL 0 7 2009		
6/27/11		
APR 0 2 2014		
5/16		

GAYLORD   PRINTED IN U.S.A

Incline Branch Library
846 Tahoe Blvd.
Incline Village, NV 89451

DINOSAURIOS

Y OTROS ANIMALES PREHISTORICOS

de la A a la Z

Dr. Michael Benton

WASHOE COUNTY LIBRARY
RENO, NEVADA

Kingfisher

NEW YORK

KINGFISHER
Larousse Kingfisher Chambers
95 Madison Avenue
New York, New York 10016

© 1988, 1989, 1992 por Grisewood & Dempsey Ltd.
© 1989, 1992 por Michael Benton (*Prehistoric Animals*)
"D.R." © 1993, por Ediciones Larousse, S.A. de C.V.
          Marsella 53, México 06600, D.F.

Esta obra no puede ser reproducida, total o parcialmente,
sin autorización eserita del editor.

Library of Congress Cataloging-in-Publication Data applied for

PRIMERA EDICIÓN

ISBN 1-85697-542-8

Traducción de Luis Ignacio de la Peña

Impreso en España
Printed in Spain

CONTENIDO

INTRODUCCIÓN

Este libro trata de los dinosaurios y otros animales prehistóricos, criaturas que poblaron la Tierra hace millones de años. La Tierra es inmensamente antigua, y hubo miles (tal vez millones) de especies o tipos de animales prehistóricos. Al paso del tiempo, especies diferentes fueron y vinieron, y su historia se puede seguir en detalle.

Los dinosaurios son los animales prehistóricos más conocidos. Gobernaron la Tierra durante más de 160 millones de años. El último de'esos reptiles prehistóricos murió hace 65 millones de años, mucho tiempo antes de que los primeros humanos existieran (hace unos 5 millones de años). Los dinosaurios eran criaturas terrestres:

algunos eran tan grandes que hubieran abarcado el espacio de 10 autos estacionados, o rebasaban la altura de un edificio de tres pisos. Otros no fueron mayores que un pavo. Entre esos dos extremos hubo dinosaurios de todos tipos y formas, casi todos muy diferentes a lo que ahora conocemos. Convivieron con los dinosaurios otros tipos de reptiles prehistóricos: el pterosaurio, que volaba, y el ictiosaurio y el plesiosaurio, que nadaban. Otros animales prehistóricos que vivieron antes de los dinosaurios incluyen varios anfibios. Existieron también aves y mamíferos prehistóricos. Los primeros de estos últimos vivieron en tiempos de los dinosaurios, pero se hicieron más

Extracción de los huesos de una pierna y del hombro de un gran saurópodo en el Dinosaur National Monument, Utah, Estados Unidos.

comunes después. En los últimos 65 millones de años hubo extraordinarios mamíferos prehistóricos: rinocerontes gigantes, caballos del tamaño de un perro, elefantes con cuatro colmillos y armadillos gigantes del tamaño de un auto.

Las primeras grandes recolecciones de fósiles de dinosaurios y otros animales prehistóricos se llevaron a cabo a principios del siglo XIX, y desde entonces se han encontrado miles de esqueletos. Es difícil estimar cuántas especies de animales prehistóricos se han descubierto. Los primeros colectores de huesos con frecuencia nombraban especies nuevas sin comprobar si el esqueleto era realmente diferente a otros ya conocidos. En ocasiones, equipos rivales de colectores de huesos acuñaron nuevos nombres para todo lo que hallaban. El resultado de esa confusión es que varias especies tienen dos nombres; por ejemplo, el conocido *Brontosaurus* debería llamarse *Apatosaurus*, pues fue el primer nombre que se le dio.

A lo largo de los años, 2,000 "especies" de dinosaurios y 20,000 "especies" de otros animales prehistóricos se han bautizado. Estudios más estrictos han reducido las cifras a 300 especies verdaderamente diferentes de dinosaurios y 2,000 de animales prehistóricos en general. De algunos se conocen los esqueletos completos, lo que proporciona mucha información acerca de cómo se veían y cómo vivían. De otros sólo se conoce un diente o un

Los brazos gigantes del *Deinocheirus* (ver pág. 80). Cada brazo era más largo que un ser humano. Poco se sabe del *Deinocheirus*, pero puede ser uno de los dinosaurios más grandes que se han descubierto.

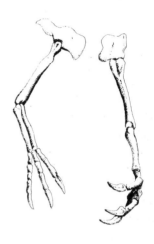

pequeño fragmento de hueso, y resulta difícil para los científicos determinar algo acerca de ellos. Más de 200 dinosaurios y otros animales prehistóricos bien conocidos se incluyen en este libro. Las ilustraciones en color muestran cómo se veían muchos de ellos; de algunos de los poco conocidos se incluyen dibujos del esqueleto o de los huesos que se han hallado. También hay páginas dedicadas a los principales grupos de animales, como los anfibios *(ver págs. 34-35)*, para indicar la relación entre los animales prehistóricos y los que hoy viven.

EL DESCUBRIMIENTO DE LOS GIGANTES DEL PASADO

Durante muchos años algunas personas han coleccionado fósiles y restos de plantas y animales que murieron hace mucho tiempo. Los habitantes de las cavernas de hace 20,000 años o más percibían fósiles de caracoles en las piedras que usaban para hacer flechas y hachas. Desde luego, no tenían la menor idea de por qué encontraban caracoles y otros fósiles en las rocas. ¿Cómo habían llegado hasta allí?

Mucho tiempo después, los canteros de Europa encontraron diferentes tipos de caracoles y huesos fósiles en las piedras que trabajaban. En ocasiones mostraban lo que hallaban a los científicos, quienes ignoraban igualmente su significado. Algunos incluso pensaban que los fósiles fueron colocados en la roca por el diablo.

El primer hueso de gran tamaño que se reportó en Europa fue de una pierna de dinosaurio hallada cerca de Oxford, Inglaterra. En el libro *The natural history of Oxfordshire*, publicado en 1677, Robert Plot, de la Universidad de

Excavación arquelógica de un esqueleto de mastodonte. Hubo informes sobre algunos huesos en un rancho del estado de Nueva York en 1801. En 1802, Charles Wilson Peale encabezó una expedición para desenterrar los huesos, financiada por la American Philosophical Society. Se contrataron docenas de trabajadores y fue necesario bombear agua para evitar inundaciones.

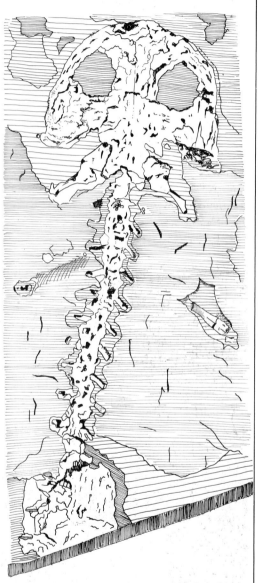

Oxford, lo describe como el hueso de un elefante o de un gigante humano, aunque no estaba muy seguro de esas identificaciones.

En 1725, se descubrió un notable fósil en Oeningen, Alemania. Fue enviado al Dr. Johann Scheuchzer, el médico local de Zurich, Suiza, quien pensó que se trataba de uno de los miserables humanos pecadores que murieron durante el Diluvio Universal. En un informe ilustrado acerca del esqueleto, publicado en 1727, Scheuchzer argumentó que podía probar que el gran diluvio de la Biblia había sumergido a Europa y se ahogaron muchos hombres y animales. Más tarde se demostró que el esqueleto en realidad era de una salamandra gigante.

Muchos esqueletos de animales gigantes salieron a la luz en el siglo XVIII. En particular, fósiles de grandes elefantes, mamuts y mastodontes se descubrieron en el norte de Europa y América. Obviamente, no todos murieron en una misma inundación. Algunos científicos propusieron que tales animales aún existían en zonas inexploradas del mundo.

Finalmente, los científicos comprendieron que muchos de los esqueletos fósiles pertenecían a animales extintos y desaparecidos tiempo atrás. Los descubrimientos de huesos gigantes despertaron la curiosidad de científicos y público en general, y se organizaron campañas para localizar más. Muchas excavaciones se realizaron en el siglo XIX.

Homo diluvii testis, fósil de salamandra encontrado en Alemania en 1725 e identificado como esqueleto humano.

DESCUBRIMIENTOS EN LA INGLATERRA VICTORIANA

Durante el siglo XIX, en la época victoriana, los científicos aprendieron mucho acerca de la geología (estudio de las rocas) y sobre paleontología (estudio de la historia de la vida). Se encontraron muchos fósiles nuevos y quedó claro que la Tierra tenía millones de años de edad. En la larga historia de la nuestro planeta, habían surgido y desaparecido cientos de animales prehistóricos.

En la década de 1820, se realizaron importantes descubrimientos en Inglaterra. William Buckland, profesor de geología de la Universidad de Oxford, recibió una pequeña colección de huesos de Stonesfield, un pequeño pueblo cantero cercano. Incluía una mandíbula con dientes largos como cuchillos, algunos huesos de cadera, costillas y vértebras. En 1824, Buckland publicó una descripción de esos huesos y los llamó *Megalosaurus* (''reptil gigante'').

El segundo dinosaurio que recibió nombre provenía de Lewes in Sussex, Inglaterra. Fue descubierto por Mary Ann Mantell en 1825. Realizaba una caminata cuando percibió un enorme diente fósil en un montón de piedras al lado del camino. Mostró el diente a su esposo, el Dr. Gideon Mantell, apasio-

Othniel C. Marsh fue profesor del Yale College en Connecticut. Estudió cientos de reptiles, mamíferos y aves (*Hesperornis* e *Ichtiornis*) prehistóricos nuevos que sus colectores le enviaban del medio oeste de Estados Unidos.

Edward Cope es famoso por la gran cantidad de especies de dinosaurios y mamíferos fósiles que nombró y describió. Durante mucho tiempo Marsh fue su rival y con frecuencia no estaban de acuerdo.

El barón George Cuvier fue el primer paleontólogo profesional que mostró cómo reconstruir esqueletos de animales prehistóricos a partir de restos fósiles. Estudió fósiles de mamíferos y reptiles de todo el mundo

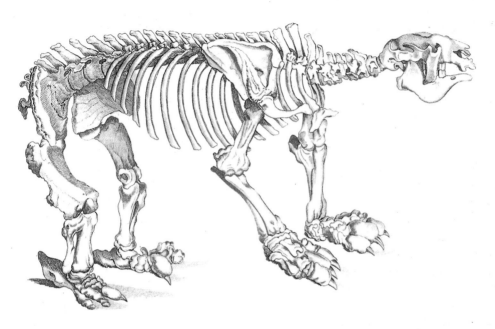

Esqueleto de un extraordinario mamífero prehistórico enviado de Argentina a España en 1788. Se montó en una pose realista y más tarde Cuvier lo describió como *Megatherium*. Aunque por su tamaño parece un rinoceronte, Cuvier pudo determinar que estaba emparentado con el perezoso moderno.

nado coleccionista aficionado de fósiles, quien encontró más huesos del mismo animal en las cercanías y lo bautizó *Iguanodon* (''diente de iguana''), pues pensó que se trataba de una iguana gigante.

Para 1842, otras cinco o seis especies de dinosaurios tenían nombre, y sir Richard Owen descubrió que no se trataba de simples lagartijas gigantes. Los llamó Dinosauria (''reptiles terribles''). El estudio de los dinosaurios había comenzado.

Otros descubrimientos importantes entre 1820-1840 incluían los primeros dragones marinos, que vivieron en la misma época. Entre los dragones marinos estaba el *Ichtiosaurus*, parecido a un delfín, y el *Plesiosaurus*, de largo cuello.

Ambos fueron hallados por Mary Anning, una famosa coleccionista profesional. Uno de los grandes paleontólogos de la época, el barón Georges Cuvier, de París, mostró cómo reconstruir esqueletos a partir de los restos de esos asombrosos animales. Estudió fósiles de reptiles y, en particular, varias clases de mamíferos extintos. Los fósiles de mamuts y mastodontes de la era glacial eran cada vez más comunes. Los científicos viajaban de Europa a regiones poco conocidas del mundo, y regresaban con grandes huesos de animales extraños.

Los grandes cazadores de fósiles

Grabado de 1878 que muestra de manera muy simplificada la cacería de fósiles, pues los huesos de dinosaurio rara vez salen del suelo con esa facilidad.

Charles Darwin, el famoso "padre de la evolución", visitó Sudamérica en la década de 1830, y encontró los huesos de un enorme perezoso, el *Megatherium*, y de un armadillo gigante, el *Glyptodon*. Otros científicos visitaron Australia y localizaron restos de canguros y osos gigantes. Estos animales fueron contemporáneos de los primeros humanos, pero habían desaparecido.

Algunos de los hallazgos más importantes se realizaron entre 1850 y 1900 en América del Norte. Edward Cope y Othniel C. Marsh organizaron equipos de buscadores de fósiles en el medio oeste de Estados Unidos. Descubrieron huesos de docenas de nuevas especies de dinosaurios y mamíferos. Al principio ambos científicos trabajaron en cooperación, pero se convirtieron en rivales. Sus equipos con frecuencia se enfrentaron en el trabajo de descubrir nuevos hallazgos.

Encontraron que grandes zonas de Nebraska, Wyoming, las Dakotas y Utah contenían todo tipo de mamíferos extintos.

Desde 1900, nuestro conocimiento de los animales prehistóricos se ha ampliado enormemente. Y aún se están haciendo fantásticos descubrimientos. En 1983, un coleccionista aficionado halló en el sur de Inglaterra la garra de 30 cm de largo de un dinosaurio desconocido, bautizado como *Baryonyx* en 1986. Las mayores muestras del *Tyrannosaurus* se localizaron en 1990 y 1991 en Dakota del Sur y Montana. El dinosaurio más grande de todos los tiempos, el *Sismosaurus*, del que sólo se conocen algunos huesos, recibió nombre en 1991. Un cocodrilo gigante, tal vez el más grande de todos, se halló en 1991, pero aún no tiene nombre. Más sorprendente aun es un nuevo fósil de ave, *Protoavis*, bautizado en 1991, y que puede ser 50 millones de años más antiguo que el *Archaeopteryx*, la famosa "primera ave". Tales descubrimientos recientes sugieren que aún hay muchos animales prehistóricos por descubrir.

HALLAZGOS DE DINOSAURIOS

Se han descubierto dinosaurios en todos los continentes, incluso en la Antártida. La localización de los sitios depende de la edad y del tipo de rocas, ¡y de la suerte de un colector de fósiles! Cada año se descubren nuevos sitios con dinosaurios, y hay muchos más por descubrir.

Los primeros dinosaurios se recolectaron en Inglaterra en el siglo XIX, con frecuencia en viejas canteras o al pie de acantilados. Pronto se descubrieron más fósiles en otros lugares de Europa y América del Norte. En las grandes expediciones en busca de dinosaurios del siglo XX, se desenterraron cientos de toneladas de grandes huesos en todos los rincones del mundo.

Entre 1895 y 1905, el millonario Andrew Carnegie gastó 25 millones de dólares en viajes de colecta en Estados Unidos. Para él se localizó un esqueleto completo de *Diplodocus* en 1899, y Carnegie envió copias de tamaño natural a todos los museos importantes del mundo. Uno de sus colectores, Earl Douglass, descubrió un extraordinario depósito de esqueletos de dinosaurios en Colorado, que en 1915 pasó a llamarse Dinosaur National Monument. El lecho de los huesos se ha limpiado y los visitantes pueden observar cómo se extraen las piezas.

Grandes depósitos similares se han descubierto este siglo a lo largo del río Red Deer, en Alberta, Canadá. Barnum Brown y Charles Sternberg encabezaron dos equipos que obtuvieron cientos de ejemplares entre 1900 y 1920. Una gran expedición se inició en Tanzania (entonces África Oriental Alemana) en 1907. El geólogo alemán Werner Janensch trabajó allí cuatro años y envió 250 toneladas de huesos a Berlín, incluidos los de un gigante *Brachiosaurus*.

Hallazgos más recientes se han realizado en Mongolia, China, Australia y América del Sur. El primer dinosaurio antártico se descubrió en 1987.

El esqueleto de *Diplodocus* desenterrado para Andrew Carnegie en 1900.

LA EDAD DE LA TIERRA

¿Cómo pueden los científicos saber cuál es la edad de la Tierra y cuándo vivieron los animales prehistóricos? Estas preguntas confundieron a la gente por mucho tiempo. Al principio, muchos científicos creían que se podía obtener la edad de la Tierra a través de la Biblia. De hecho, James Ussher, arzobispo de Armagh, Irlanda, calculaba que la Tierra nació en el año 4004 a.C., hace menos de 6,000 años.

Tal estimación fue aceptada por casi todos en los siglos XVI y XVII, pero los geólogos comenzaron a cuestionarla. Científicos como James Hutton no veían que fuera suficiente tiempo como para que la Tierra tuviera el estado actual. Observó cuánto tiempo le toma a un río abrir su curso a través de las rocas. Se preguntó cómo pudieron formarse las capas de arenisca y piedra caliza de las costas de Inglaterra en 6,000 años, si en los lagos y mares modernos lo hacen muy lentamente. Argumentó que la Tierra tenía que ser inmensamente antigua.

Hacia 1850, muchos científicos aceptaban que la Tierra era muy antigua. Podían ver que los fósiles que hallaban en las rocas seguían un patrón a través del tiempo. Los fósiles más antiguos de cualquier secuencia eran más simples que los últimos. Las piedras más antiguas sólo contenían caracoles, luego aparecían los peces, seguidos por los anfibios, los reptiles, los mamíferos y, finalmente, el hombre en las piedras más jóvenes.

Extrema izquierda: Charles Darwin, el más famoso científico del siglo XIX, demostró que la vida ha evolucionado a lo largo de millones de años a partir de un ancestro común. Su teoría de la evolución es la base de la biología y de la paleontología modernas.

Izquierda: James Hutton, un importante geólogo del siglo XVIII. Declaró que la Tierra tenía que ser inmensamente antigua. Sólo de esa manera hubo tiempo para que pudieran darse los complejos procesos de formación de la superficie terrestre.

Rastreando el tiempo con las rocas

Charles Darwin hizo una importante aportación en 1859 con la teoría de la evolución por selección natural. Estableció que todas las plantas y animales, vivos y extintos, se relacionan unos con otros, y que a lo largo de millones de años han evolucionado hasta las formas que nos rodean y las que podemos encontrar en los registros fósiles.

En la época de Darwin, los geólogos sólo podían fechar las rocas a partir de los fósiles que contenían. La evolución de la vida hace que rocas de cierta época contengan fósiles específicos. Es más, en una pila de rocas, las más antiguas están al fondo y las jóvenes arriba.

Las edades exactas en millones de años sólo se establecieron hasta el siglo XX, con el estudio de la radiactividad. Algunas rocas son radiactivas, y es posible medir sus edades cuando se conoce el promedio de descomposición radiactiva, ya que las piedras antiguas contienen diferentes sustancias químicas que las jóvenes.

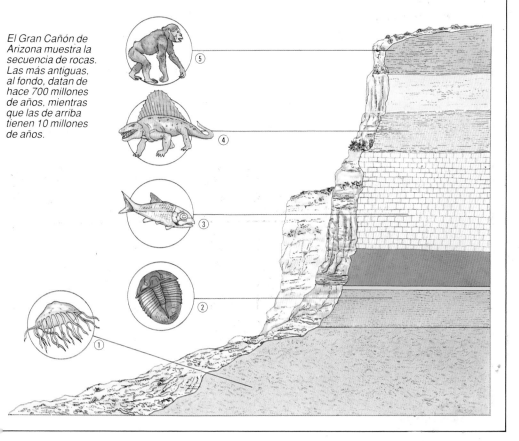

El Gran Cañón de Arizona muestra la secuencia de rocas. Las más antiguas, al fondo, datan de hace 700 millones de años, mientras que las de arriba tienen 10 millones de años.

LA HISTORIA DE LA TIERRA

La Tierra tiene cerca de 4600 millones de años, pero no fue sino hasta hace 3500 millones de años que hubo vida. Como muestra la tabla de la página de enfrente, las etapas tempranas de la evolución, desde las primeras células simples hasta los gusanos y medusas, tomaron tanto tiempo como la evolución de todas las formas complejas de vida posteriores. Los primeros 4 mil millones de años de la historia de la Tierra se llaman Precámbrico. Los últimos 600 millones de años se llaman Fanerozoico, que significa "vida visible". El Fanerozoico se divide en tres edades.

En el Paleozoico, "vida antigua", surgieron varios grupos de animales y plantas, entre ellos corales, medusas, insectos, peces, anfibios, reptiles, helechos y coníferas. La mayor parte de las plantas y los animales importantes pertenecieron a grupos que ya no existen. En el Mesozoico, "vida intermedia", surgieron algunos grupos característicos de la vida moderna: aves, mamíferos y plantas con flores. Ésta también fue la época de los dinosaurios. En el Cenozoico, "vida moderna", mamíferos, aves, insectos y plantas con flores se extendieron ampliamente. Los humanos aparecen sólo en el último millón de años del Cenozoico.

Las eras Paleozoica, Mesozoica y Cenozoica se dividen en diferentes períodos. Los tres períodos del Mesozoico, cuando dominaron la Tierra los dinosaurios, son Triásico, Jurásico y Cretácico. Al principio del Triásico, hace 245 millones de años, no había dinosaurios. La Tierra estaba dominada por varios grupos de reptiles primitivos. Todos ellos se extinguieron 20 millones de años después, y los dinosaurios cobraron importancia.

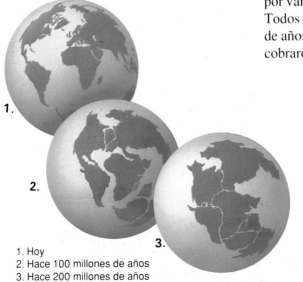

1. Hoy
2. Hace 100 millones de años
3. Hace 200 millones de años

En la época de los dinosaurios, hace 200 millones de años, los continentes estaban unidos en una sola masa de tierra. Los animales podían migrar por toda la superficie terrestre. El diagrama muestra lo que sucedió cuando el océano Atlántico se fue abriendo gradualmente y los continentes se movieron hacia su posición actual.

Mapa del tiempo

CENOZOICO 65-0	**Pleistoceno** Eras glaciales. Los primeros humanos aparecen.	0 2
	Plioceno Aparece el *Australopithecus*. Primeras ovejas y ganado.	5
	Mioceno Aparecen muchos mamíferos nuevos. Primeros ratones, ratas y monos sin cola.	24
	Oligoceno Primeros ciervos, monos con cola, cerdos y rinocerontes.	37
	Eoceno Primeros perros, gatos, conejos, elefantes y caballos.	58
	Paleoceno Los mamíferos se multiplican rápidamente. Primeros búhos, musarañas y erizos.	65
MESOZOICO 245-65	**Cretácico** Desaparecen los dinosaurios. Primeras serpientes y mamíferos modernos	144
	Jurásico Los dinosaurios dominan la Tierra. Aparecen las primeras aves.	208
	Triásico Primeros dinosaurios, mamíferos, tortugas, cocodrilos y ranas.	245
PALEOZOICO 570-245	**Pérmico** Primeros reptiles con aleta en el lomo. Desaparecen muchos animales marinos y terrestres.	286
	Carbonífero Primeros reptiles. Grandes bosques de pantano de carbón.	360
	Devónico Primeros anfibios, insectos y arañas.	408
	Silúrico Escorpiones marinos gigantes. Primeras plantas terrestres.	438
	Ordovícico Primeros nautiloides. Abundan los corales y trilobites.	505
	Cámbrico Primeros peces, trilobites, corales y caracoles.	570
PRECÁMBRICO 4600-570	**Precámbrico** • 700 primeras medusas y gusanos. • 3500 La vida comienza en el mar.	4600

CÓMO SE FORMAN LOS FÓSILES

Hay muchas clases de fósiles. Los más comunes son restos de caracoles o huesos transformados en piedra. Muchos de ellos muestran todos los detalles originales del caracol o del hueso, aun si se examinan al microscopio. Los poros y otros espacios pequeños en su estructura se llenan de minerales.

Los minerales son compuestos químicos, como la calcita (carbonato de calcio), que estaban disueltos en el agua. El agua pasó por la arena o el lodo que contenían los caracoles o los huesos y los minerales se depositaron en los espacios de su estructura. Por eso los caracoles y los huesos fósiles son tan pesados.

Otros fósiles pueden haber perdido todas las marcas de su estructura original. Por ejemplo, un caracol originalmente de calcita puede disolverse totalmente después de quedar enterrado. La impresión que queda en la roca puede llenarse con otro mineral y formar una réplica exacta del caracol. En otros casos, el caracol se disuelve y tan sólo queda el hueco en la piedra, una especie de molde que los paleontólogos pueden llenar con yeso para descubrir cómo se veía el animal.

Las huellas son un tipo especial de fósiles que pueden decirnos mucho sobre la vida de animales extintos. Éstas fueron hechas por *Australopithecus,* los primeros humanos de hace 3.75 millones de años, cuando una madre y su hijo cruzaron una capa de ceniza.

Cómo se transforman los animales en roca

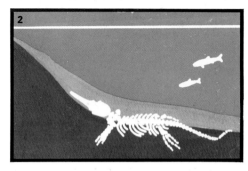

1. Hace millones de años, un ictiosaurio murió y se hundió en el fondo del mar. Su cuerpo quedó allí por un tiempo y la carne se descompuso. Peces y otras criaturas se alimentaron del cuerpo.

2. Con el tiempo sólo quedaron los huesos. Capas de arena y lodo cubrieron los huesos y terminó enterrado en la posición en que quedó el cuerpo.

3. Después de millones de años el esqueleto quedó cada vez más enterrado. La arena y el lodo se transformaron en roca y los huesos se llenaron de minerales, convirtiéndose en fósiles.

4. Muchos millones de años después, el mar se retiró y el antiguo lecho marino emergió. Las capas encima del esqueleto del ictiosaurio se erosionaron con la lluvia, el viento o un río.

Los fósiles por lo general sólo muestran las partes duras del animal o planta: el tronco de un árbol, el caparazón de un caracol, los huesos de un dinosaurio o pez. Algunos fósiles son más completos. Si una planta o animal queda enterrado en un tipo especial de lodo que no contenga oxígeno, algunas de las partes blandas también se conservarán como fósiles. Los más espectaculares de estos ''fósiles perfectos'' son mamuts lanudos completos que se hallaron en suelo congelado. La carne estaba tan congelada, que aún se podía comer ¡después de 20,000 años!

19

CLASIFICACIÓN DE LOS FÓSILE

Los paleontólogos saben que la vida surgió en la Tierra sólo una vez, y que todas las plantas y animales vivos o extintos están relacionados entre sí. Esto significa que hay un gran árbol evolutivo que liga todas las formas de vida, y que todos tienen un antepasado común que vivió hace 3,500 millones de años.

Esto puede parecer asombroso cuando se compara un elefante con un hongo o un gusano con un roble. ¿Cómo pueden

compartir la misma herencia? No obstante, hay una fuerte evidencia de ello. No sólo miles de fósiles nos indican la forma del gran árbol de la vida, sino que todos los seres vivos poseen las mismas sustancias químicas en sus células, mismas que no se

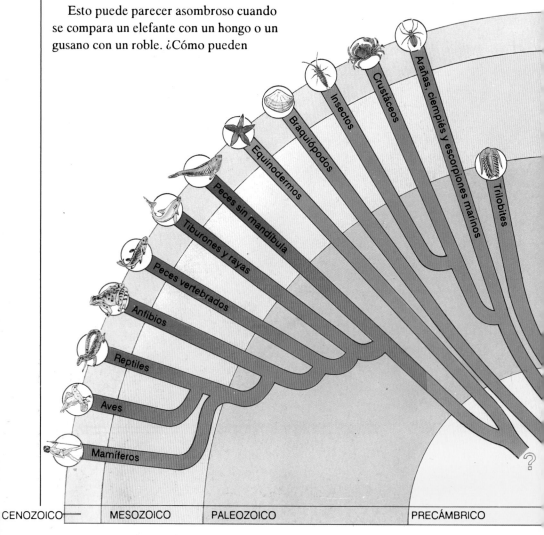

CENOZOICO — MESOZOICO | PALEOZOICO | PRECÁMBRICO

Los ancestros de los seres vivos

hallan en otras partes. Aunque el elefante y el roble, el gusano y el hongo se vean tan distintos exteriormente, en el interior las semejanzas químicas demuestran que comparten un antepasado distante. El diagrama de abajo indica cómo los principales grupos de plantas y animales están relacionados entre sí y más o menos cuándo surge cada grupo. Los científicos conocen muy bien algunas partes del árbol y dónde se juntan las líneas. Sin embargo, hay partes en las que no se conocen los eslabones, y se marcan en el esquema con un signo de interrogación. Este libro trata sobre los animales prehistóricos de la extrema izquierda del esquema: fósiles de anfibios, reptiles, aves y mamíferos.

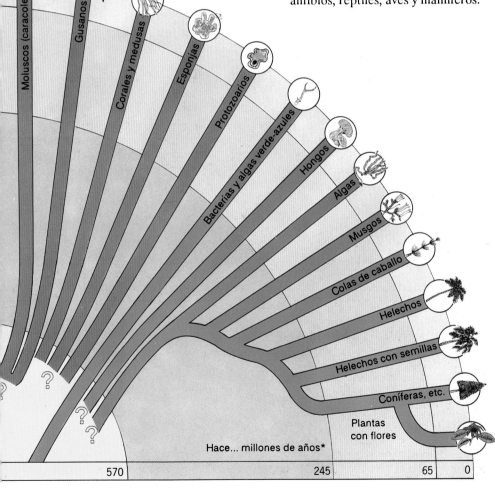

Moluscos (caracoles)
Gusanos
Corales y medusas
Esponjas
Protozoarios
Bacterias y algas verde-azules
Hongos
Algas
Musgos
Colas de caballo
Helechos
Helechos con semillas
Coníferas, etc.
Plantas con flores

Hace... millones de años*

570   245   65   0

CLASIFICACIÓN DE LOS ANIMALES PREHISTÓRICOS

Cuando se clasifican animales prehistóricos, se trata de determinar de qué manera se relacionan unos con otros. La unidad de clasificación más pequeña es la especie, y la mayor que se usará en este libro la clase. Entre ellas hay una serie de subgrupos: orden, suborden, infraorden, familia, género y especie.

Como ejemplo, veamos cómo se clasifica un gran dinosaurio carnívoro: el *Tyrannosaurus rex* (ver diagrama en la página de enfrente). Se localiza en el orden Saurischia, porque tiene ''cadera de lagartija''. Pertenece al suborden Theropoda, que incluye a todos los dinosaurios carnívoros. Dentro de ese suborden, *Tyrannosaurus* pertenece al infraorden Carnosauria —los grandes carnívoros— y pertenece a la familia Tyrannosauridae, con pocos parientes cercanos. Finalmente, el nombre del género es *Tyrannosaurus*, y el de la especie *rex*.

Normalmente, cuando se habla de animales prehistóricos, sólo se usa el nombre del género para simplificar: *Tyrannosaurus* o *Archaeopteryx*. Los nombres de género y especie se escriben en itálicas para indicar que se trata del nombre científico.

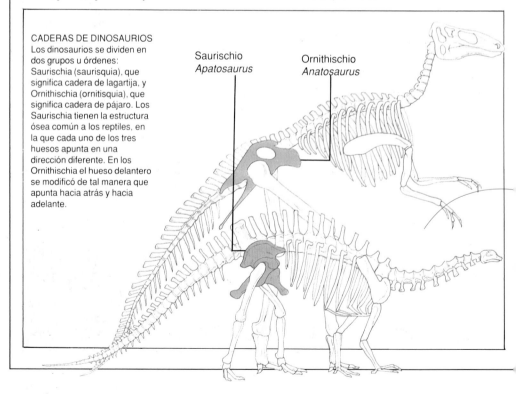

CADERAS DE DINOSAURIOS
Los dinosaurios se dividen en dos grupos u órdenes: Saurischia (saurisquia), que significa cadera de lagartija, y Ornithischia (ornitisquia), que significa cadera de pájaro. Los Saurischia tienen la estructura ósea común a los reptiles, en la que cada uno de los tres huesos apunta en una dirección diferente. En los Ornithischia el hueso delantero se modificó de tal manera que apunta hacia atrás y hacia adelante.

Saurischio
Apatosaurus

Ornithischio
Anatosaurus

Clasificación del Tyrannosaurus rex

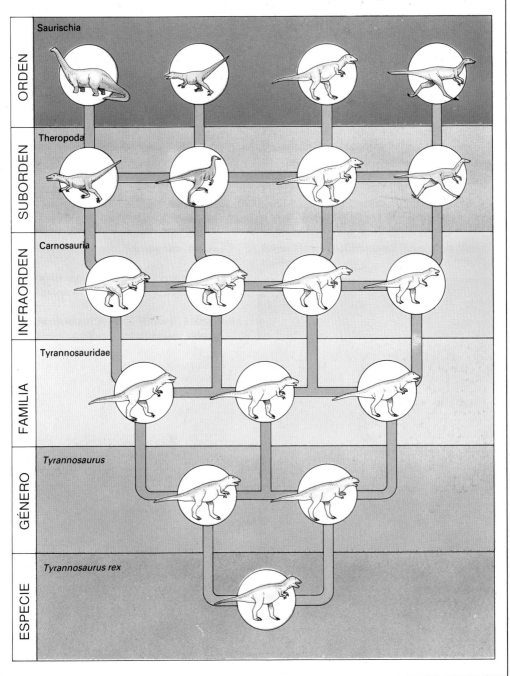

ORDEN — Saurischia

SUBORDEN — Theropoda

INFRAORDEN — Carnosauria

FAMILIA — Tyrannosauridae

GÉNERO — Tyrannosaurus

ESPECIE — Tyrannosaurus rex

INTRODUCCIÓN A LA GUÍA ALFABÉTICA

La mayor parte de este libro es una guía alfabética de los dinosaurios y animales prehistóricos más importantes. Muchos de los nombres provienen del latín o del griego y son largos y difíciles, pero siempre dicen algo acerca del animal: si era grande o pequeño, si tenía dientes enormes o cola larga.

El recuadro que se encuentra en la parte superior de cada página es una guía que indica cómo pronunciar el nombre del animal y qué significa. Abajo aparece el nombre de la persona que lo bautizó y el año en que lo hizo.

El lugar donde se encontraron esqueletos del animal viene en seguida y, por último, la era geológica en que vivió.

La presentación de los dinosaurios es diferente a la de otros animales prehistóricos porque son un grupo clave. Para los dinosaurios, un mapa muestra el período —Triásico, Jurásico o Cretácico— en el que vivieron y la posición aproximada de los continentes en ese período (*ver pág. 16*). Los puntos negros en los mapas marcan los lugares donde se descubrieron restos del dinosaurio. Para los otros animales pre-históricos, la era geológica del animal se muestra en la cinta de tiempo (*ver abajo la clave de los colores*). Ésta es una manera rápida de comparar de un vistazo las eras de diferentes especies. El rombo negro indica cuándo surgió cada uno.

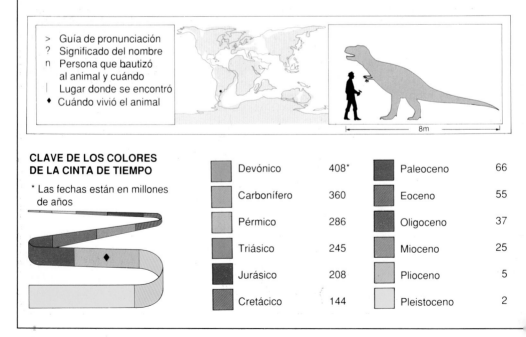

> Guía de pronunciación
? Significado del nombre
n Persona que bautizó al animal y cuándo
| Lugar donde se encontró
♦ Cuándo vivió el animal

8m

CLAVE DE LOS COLORES DE LA CINTA DE TIEMPO

* Las fechas están en millones de años

Devónico	408*	Paleoceno	66
Carbonífero	360	Eoceno	55
Pérmico	286	Oligoceno	37
Triásico	245	Mioceno	25
Jurásico	208	Plioceno	5
Cretácico	144	Pleistoceno	2

Clasificación del *Homo sapiens*

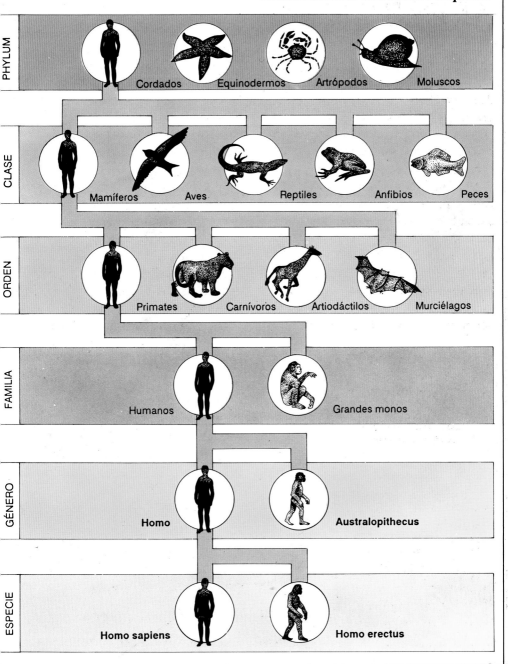

PHYLUM
Cordados · Equinodermos · Artrópodos · Moluscos

CLASE
Mamíferos · Aves · Reptiles · Anfibios · Peces

ORDEN
Primates · Carnívoros · Artiodáctilos · Murciélagos

FAMILIA
Humanos · Grandes monos

GÉNERO
Homo · Australopithecus

ESPECIE
Homo sapiens · Homo erectus

LOS GRUPOS DE ANIMALES PREHISTÓRICOS

Una silueta muestra el tamaño del animal en relación con el colector de fósiles. Abajo se indica el largo del animal o, en algunos casos, la altura, que aparece a un lado.

El color de la silueta indica a qué grupo pertenece, y que se muestra en la guías de colores que están abajo. Los dinosaurios se tratan aparte. Los animales que se presentan en este libro pertenecen a las cuatro clases que se muestran abajo. Todos los dinosaurios pertenecen a la clase Reptiles, pero es un grupo enorme y se divide en muchos órdenes y subórdenes diferentes. El color de la silueta indica a qué suborden pertenece el dinosaurio.

Al final del libro (*ver pág. 248*) se halla un glosario que explica los términos científicos empleados en la descripción de los animales prehistóricos. También hay un directorio de museos de todo el mundo (*ver pág. 246*) donde se pueden ver esqueletos de animales prehistóricos. Muchos de ellos se describen en este libro.

CLASES DE ANIMALES

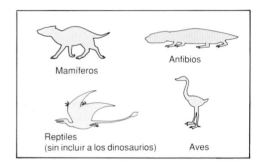

Mamíferos

Anfibios

Reptiles
(sin incluir a los dinosaurios)

Aves

SUBÓRDENES DE DINOSAURIOS

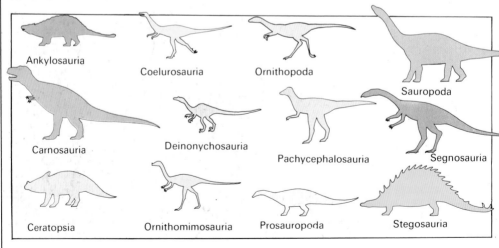

Ankylosauria

Coelurosauria

Ornithopoda

Sauropoda

Carnosauria

Deinonychosauria

Pachycephalosauria

Segnosauria

Ceratopsia

Ornithomimosauria

Prosauropoda

Stegosauria

Cómo se relacionan las subórdenes

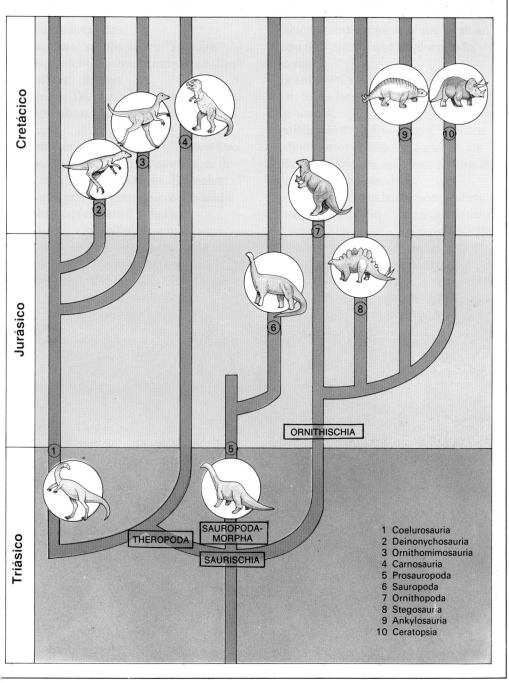

Cretácico

Jurásico

Triásico

ORNITHISCHIA

SAUROPODA-MORPHA

THEROPODA

SAURISCHIA

1 Coelurosauria
2 Deinonychosauria
3 Ornithomimosauria
4 Carnosauria
5 Prosauropoda
6 Sauropoda
7 Ornithopoda
8 Stegosauria
9 Ankylosauria
10 Ceratopsia

ABELISAURUS

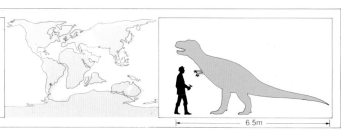

> A-be-li-sau-rus
? Reptil Abel
n Dr. J.F. Bonaparte y F.F.
  Novas (1985)
| América del Sur
♦ Cretácico

6.5m

El *Abelisaurus* se descubrió recientemente en Argentina. Sus restos consisten en un cráneo casi completo, pero no se han encontrado otros huesos. El cráneo es muy profundo y tiene una gran abertura al costado, sobre la mandíbula. Esta abertura se halla en todos los cráneos de dinosaurios, pero rara vez tan grande como en el *Abelisaurus*. La cuenca del ojo es el orificio alargado que se encuentra detrás. Las mandíbulas parecen fuertes y pudo tener dientes largos en forma de puñal, como los del *Tyrannosaurus*. El cráneo mide casi 85 centímetros, lo que sugiere que el *Abelisaurus* tuvo un cuerpo largo.

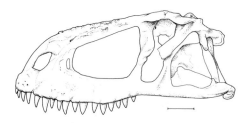

Cráneo de *Abelisaurus* (85 cm de largo)

El *Abelisaurus*, aunque carnívoro, no se emparenta con otros dinosaurios carnívoros de América del Norte o de otros lugares que vivieron a fines del Cretácico. Por ello, se ha ubicado en un nuevo grupo llamado Abelisauridae. El único otro abelisáurido conocido parece ser el *Carnotaurus*, hallado también recientemente en Argentina, además de un ejemplar parcial en Francia reportado en 1988.

ACANTHOPHOLIS

> A-can-tó-fo-lis
? Portador de espinas
n Prof. T.H. Huxley (1865)
| Inglaterra
♦ Cretácico

5.5m

Acanthopholis fue un anquilosaurio nodosáurido del mismo grupo que el *Hylaeosaurus*. Estos dinosaurios tenían cabezas muy estrechas, una serie de placas óseas y espinas y eran más primitivos que los anquilosaurios anquilosáuridos del Cretácico Tardío.

Acanthopholis tenía 5.5 metros de largo y una armadura con hileras de placas ovaladas en la piel, además de afiladas espinas a lo largo de la espalda.

Los primeros ejemplares se colectaron en 1864 en rocas cretáceas de la playa cercana a Folkestone, en el sur de Inglaterra. Los restos incluían tres dientes, varios fragmentos de la columna vertebral, parte del cráneo, algunos huesos de las extremidades y numerosas plaquitas de la armadura. Hallazgos posteriores en otros sitios de Inglaterra agregan un poco a eso, pero todavía no se conoce mucho del *Acanthopholis*.

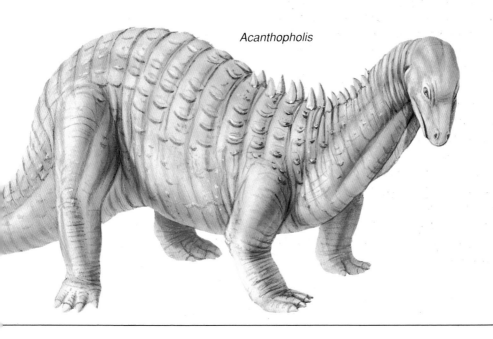

Acanthopholis

ACROCANTHOSAURUS

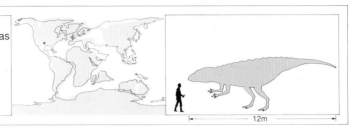

> \> A-cro-can-to-sau-rus
> ? Reptil de grandes espinas
> ⁿ Drs. J.W. Stovall y W. Langston (1950)
> | América del Norte
> ♦ Cretácico

12m

El *Acrocanthosaurus* fue un carnívoro grande y aterrador de unos 12 metros de largo. Varios esqueletos de este animal se hallaron en 1950. Otros restos de la misma área de Oklahoma fueron bautizados *Saurophagus* ("devorador de reptiles"), pero de hecho debe tratarse de más ejemplares del *Acrocanthosaurus*.

Las espinas de 30 cm de largo en la columna vertebral de este animal sugieren que tenía una ondulación o una pequeña aleta a lo largo del lomo, similar a la del *Spinosaurus*. La aleta pudo servir para distinguir la especie a la que pertenecía, o ser similar a las coloridas plumas de algunas aves: un signo que indica a los rivales que se alejen o atrae a las parejas. Pudo funcionar también como una especie de "panel solar" para controlar la temperatura del cuerpo.

ALAMOSAURUS

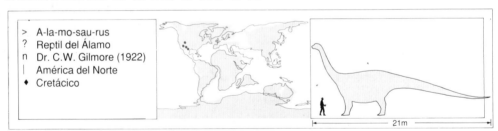

> \> A-la-mo-sau-rus
> ? Reptil del Álamo
> ⁿ Dr. C.W. Gilmore (1922)
> | América del Norte
> ♦ Cretácico

21m

Alamosaurus fue un saurópodo titanosáurido ("reptil titánico"), grupo de finales del Cretácico Tardío que se ha localizado sobre todo en regiones australes. Es probable que se hayan descubierto restos de algunos titanosáuridos en Europa, pero *Alamosaurus* es probablemente el único hallazgo en América del Norte.

Alamosaurus fue el último dinosaurio saurópodo. Vivió al final de la era de los dinosaurios. Se llama así porque fue descubierto en El Álamo, un fuerte cerca de San Antonio, Texas.

ALBERTOSAURUS

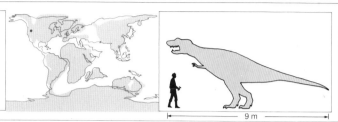

> Al-ber-to-sau-rus
? Reptil de Alberta
n Dr. H.F. Osborn (1905)
| América del Norte
♦ Cretácico

9 m

El *Albertosaurus* (a veces llamado *Gorgosaurus*) vivió al final de la era de los dinosaurios. Docenas de huesos y esqueletos de *Albertosaurus* se han recolectado en los últimos 100 años, y en ocasiones han recibido diferentes nombres. Un ejemplo de ello es un pequeño esqueleto encontrado en 1923. Primero se le llamó *Gorgosaurus* porque aparentaba ser muy diferente al *Albertosaurus*. El cuerpo parecía más delgado y la cabeza más ligera. Ahora se sabe que se trataba de un ejemplar juvenil de *Albertosaurus* y que, al crecer, el animal se tornaba más pesado y fuerte. ¡Esto demuestra que los paleontólogos deben ser muy cuidadosos al tratar de bautizar fósiles!

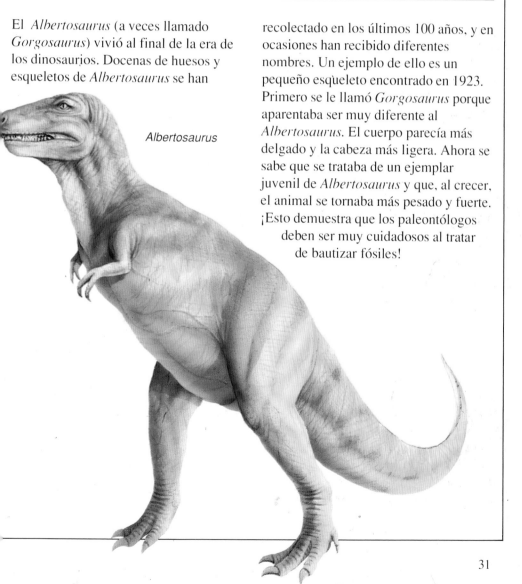

Albertosaurus

ALLOSAURUS

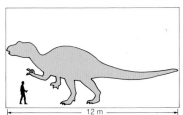

> A-lo-sau-rus
? Reptil diferente
n Dr. O.C. Marsh (1877)
| América del Norte
♦ Jurásico

Allosaurus fue el dinosaurio carnívoro más importante del Jurásico Tardío en América del Norte. Debe haberse alimentado de dinosaurios tan conocidos como el *Apatosaurus, Stegosaurus* y *Dryosaurus.* Tal vez el *Apatosaurus* resultaba demasiado grande como para que el *Allosaurus* lo matara, pero este último bien pudo alimentarse de cadáveres, pues se han descubierto marcas de dientes de *Allosaurus* en los huesos de la cola de un esqueleto de *Apatosaurus.*

La primera muestra de *Allosaurus* que se descubrió en 1869, en Colorado, fue un hueso roto de la cola. Desde luego, ¡no era suficiente para reconstruir el animal! Algunas otras piezas se hallaron en 1877, y entonces se le llamó *Allosaurus.* Un esqueleto casi completo se recolectó entre 1883 y 1884; se le llamó *Antrodemus*, pero más tarde se demostró que era un *Allosaurus.*

Allosaurus

AMMOSAURUS

> A-mo-sau-rus
? Reptil de la arena
n Dr. O.C. Marsh (1890)
| América del Norte
♦ Jurásico

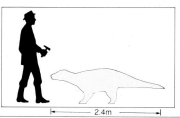

|← 2.4m →|

El *Ammosaurus* fue un animal de 2.5 metros de largo que probablemente podía caminar tanto sobre sus cuatro patas como sobre las dos traseras. Sólo se le conoce a través de algunos esqueletos parciales que indican que era muy similar al *Anchisaurus*. El primer ejemplar apareció en una cantera de Connecticut, Estados Unidos, hace 100 años, durante la construcción de un puente. Recientemente ese puente se derribó y en los escombros aparecieron más partes del mismo esqueleto. Restos de *Ammosaurus* se han localizado hace poco en Arizona y Connecticut.

EVOLUCIÓN DE LOS ANFIBIOS

Los anfibios fueron los primeros vertebrados (animales con columna vertebral) que caminaron en tierra firme. Surgieron de entre los peces en el período Devónico, hace unos 380 millones de años. En esa época, otras formas de vida acababan de conquistar la tierra. Las primeras plantas, insectos y gusanos se instalaron en la tierra firme hace unos 420 millones de años. Hasta entonces, los animales y las plantas al parecer sólo vivían en el mar. La tierra debe haberse visto muy extraña sin plantas verdes y nada que se moviera en ella.

En el Devónico muchos grupos de peces vivían en el mar y en los grandes lagos cálidos. Esos lagos a veces se secaban y algunos grupos de peces evolucionaron para enfrentar esas condiciones nuevas. Lograron respirar aire por medio de pulmones primitivos y sus fuertes aletas les permitían arrastrarse en el lodo para alcanzar charcas que aún tuvieran agua.

En nuestros días, algunos peces como las anguilas y los peces gato pueden salir del agua y respirar aire por corto tiempo.

Probablemente los anfibios descienden de peces del Devónico que se comportaban como las anguilas modernas. Al principio la vida fuera del agua fue difícil. El aire secaba la piel y no había medio líquido para soportar el peso del cuerpo o esconderse. Sin embargo, las tentaciones de la vida en la tierra también eran grandes. Había muchos y suculentos gusanos, arañas y milpiés moviéndose entre las plantas de la orilla del agua. ¡El *Ichtyostega*, el primer anfibio, tenía muchísima comida! Los anfibios dominaron la Tierra durante el período Carbonífero, hace 360-286 millones de años. Algunos, como el *Crassigyrinus*, el *Greererpeton* y el *Megalocephalus* permanecieron cerca del agua y se alimentaban con peces. Otros, como el tardío *Eryops*, el *Limnoscelis* y el *Seymouria* terminaron por adaptarse a la vida en tierra seca, y

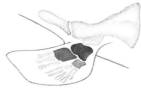

Los tres huesos principales de la aleta de un pez del Devónico. Esa configuración se transformó en la pierna que se muestra a la derecha.

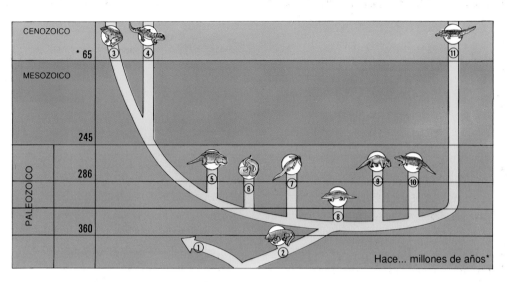

		Hace... millones de años*
CENOZOICO	* 65	
MESOZOICO	245	
PALEOZOICO	286	
	360	

probablemente se alimentaban exclusivamente de otros animales terrestres, mientras que otros más, como el *Ophiderpeton*, perdieron las piernas y vivieron como serpientes acuáticas. De esos antiguos anfibios surgieron los anfibios modernos —ranas y salamandras— hace 250 millones de años.

La evolución de los anfibios

1 Peces	8 Megalocephalus
2 Ichthyostega	9 Seymouria
3 Ranas	10 Diadactes
4 Salamandras	11 Reptiles
5 Eryops	
6 Ophiderpeton	
7 Diplocaulus	

Los huesos de la pierna del *Ichthyostega* se desarrollaron de tal manera que el animal podía sostenerse en tierra.

35

ANATOSAURUS

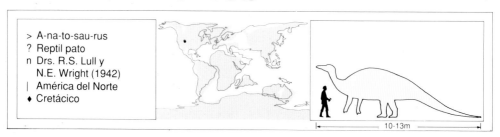

> A-na-to-sau-rus
? Reptil pato
n Drs. R.S. Lull y
N.E. Wright (1942)
| América del Norte
♦ Cretácico

10-13m

El *Anatosaurus* fue el típico dinosaurio "pico de pato". Tenía un cráneo aplanado sin cresta, y un hocico ancho parecido al pico de un pato. Era un animal grande, de hasta 13 metros de largo. Se han descubierto muchos esqueletos de *Anatosaurus*, algunos de ellos momificados, por lo que se han preservado partes de la piel e incluso algunos órganos internos. De ellos los paleontólogos han aprendido que los huesos de la mano, por ejemplo, estaban cubiertos por una membrana que unía los dedos. Esa mano era apropiada para nadar, al igual que la de los patos. Hubo varias especies de *Anatosaurus* que vivieron hasta el final del período Cretácico.

Anatosaurus

ANCHICERATOPS

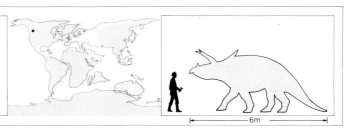

> An-qui-ce-ra-tops
? Rostro con cuernos
  muy cercanos
n Dr. B. Brown (1914)
| América del Norte
♦ Cretácico

6m

El *Anchiceratops* medía 5 o 6 metros de largo y tenía dos largos cuernos arriba de los ojos y uno muy corto en la nariz. Tenía un largo collar con protuberancias y espinas que apuntaban hacia atrás, en medio del cual había dos agujeros. Éstos pudieron estar cubiertos con músculo y piel que atravesaban el hueso, y quizá existían simplemente para reducir el peso. La forma del collar del *Anchiceratops* es diferente a la de los otros ceratopsios, y probablemente permitía a los animales reconocer a otros miembros de su propia especie.

ANCHISAURUS

> An-qui-sau-rus
? Reptil cercano
n Dr. O.C. Marsh (1885)
| América del Norte
♦ Triásico

2.5m

Anchisaurus fue un animal pequeño y ligero de 2.5 metros de largo. Tenía dientes romos en forma de diamante espaciados a lo largo de la mandíbula, y pudo haberse alimentado lo mismo de carne que de plantas. El *Anchisaurus* tuvo miembros fuertes y largas garras en los pulgares, que pudieron servirle para arrancar hojas o desgarrar carne.

Los primeros huesos se localizaron en Connecticut en 1818, por lo que tal vez sea el primer dinosaurio descubierto en América. Tiempo después se encontraron dinosaurios similares en el sur de África. A éstos se les llamó al principio *Hortalotarsus*, pero estudios recientes muestran que pertenecen a una especie de *Anchisaurus*.

Anchisaurus

ANKYLOSAURIA

El suborden Ankylosauria se conoce tan sólo por algunos fósiles en rocas del Jurásico. Fue más común en el Cretácico y en especial más tarde, cuando muchos tipos de anquilosaurios se extendieron por la parte norte del planeta. Los anquilosaurios del Cretácico más comunes fueron los del Cretácico Tardío de Norteamérica (*Ankylosaurus*, *Nodosaurus*), aunque también hay algunos hallazgos excepcionales en el Cretácico Temprano de Europa (*Hyaelosaurus*), y en el Cretácico Tardío de Europa (*Struthiosaurus*) y Asia (*Pinacosaurus*). Un descubrimiento notable de los últimos tiempos ha sido el primer anquilosaurio del hemisferio sur: *Minmi*, del Cretácico Temprano de Australia.

Todos los ankylosaurios eran vegetarianos y tenían una armadura de espinas, protuberancias y picos en la espalda. La armadura estaba hecha de piezas de hueso que crecían bajo la piel y formaban un duro cascarón sobre la espalda y el cuello, lo que probablemente protegía al anquilosaurio de los dientes de los carnívoros. Con el tiempo, esas placas óseas sencillas se hicieron más grandes en algunos dinosaurios, formando grandes espinas o nudos.

Hubo dos tipos de anquilosaurios, unos con cabezas estrechas y sin maza en la cola (los nodosáuridos) y otros con cabezas anchas y pesadas mazas en la cola (anquilosáuridos). La maza de la cola era una protección extra de los

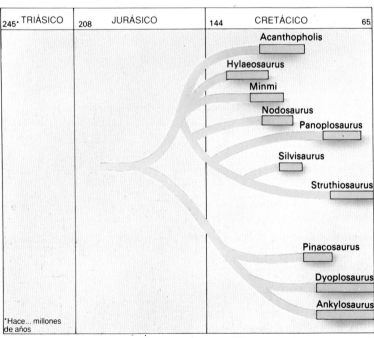

anquilosáuridos avanzados contra los carnívoros: podía balancearse de un lado a otro con gran fuerza. No hay que olvidar que los anquilosaurios muchas veces eran de gran tamaño: aunque parezcan tortugas en la ilustración, con frecuencia eran del tamaño de un auto grande o de un tanque de guerra.

Nodosaurus

Silvisaurus

Hylaeosaurus

Acanthopholis

Ankylosaurus

ANKYLOSAURUS

> An-qui-lo-sau-rus
? Reptil tieso
n Dr. B. Brown (1908)
| América del Norte
♦ Cretácico

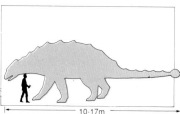

10-17m

El *Ankylosaurus* fue el más grande de los anquilosaurios. Medía más de 10 metros de largo y tenía la forma y el tamaño de un tanque de guerra. El cuerpo y las extremidades eran fuertes y estaban protegidos por espinas y placas óseas. La cola era larga y se remataba con una pesada maza de hueso. La maza estaba formada por dos huesos que se extendían a cada lado de los huesos de la cola. Se podía balancear de lado a lado y propinar poderosos golpes a cualquier atacante. Los músculos de la cola estaban bien desarrollados para usar muy eficazmente la maza. La parte superior del cráneo también estaba cubierta por una armadura de placas óseas y cuernos.

La maza de la cola del *Ankylosaurus* (40 cm de ancho)

Ankylosaurus

ANTARCTOSAURUS

> An-tar-cto-sau-rus
? Reptil del sur
n Prof. F. von Huene
(1929)
| América del Sur; Asia
♦ Cretácico

18m

El *Antarctosaurus* fue probablemente uno de los más grandes saurópodos: el fémur por sí solo medía 2.3 metros de largo, una altura mayor a la de la entrada de una casa. Sin embargo, su cabeza era muy pequeña: sólo 60 cm de largo. El cráneo era corto y aplanado en el frente, con las cuencas de los ojos ubicadas atrás y las fosas nasales arriba, entre los ojos. Sólo había unos cuantos dientes en forma de clavija al frente de la mandíbula. Éstos servían probablemente como tenazas para sujetar y arrancar hojas. No había dientes en la parte de atrás de la mandíbula, lo que sugiere que tragaba el alimento sin masticar.

El *Antarctosaurus* se conoce sólo por esqueletos parciales y huesos sueltos de diferentes países de América del Sur, y tal vez también de Asia. Probablemente esté emparentado con el *Diplodocus.*

APATOSAURUS

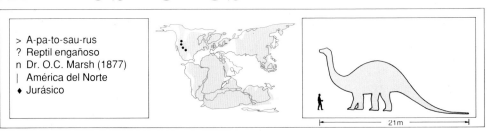

> A-pa-to-sau-rus
? Reptil engañoso
n Dr. O.C. Marsh (1877)
| América del Norte
♦ Jurásico

21m

El *Apatosaurus* es uno de los dinosaurios más conocidos. También se le llama *Brontosaurus* (''reptil trueno''), pero su primer nombre fue *Apatosaurus*. Éste fue uno de los dinosaurios gigantes recolectados por Othniel C. Marsh (*ver págs. 10-12*) en la ''guerra de los huesos'' del oeste de Estados Unidos a finales del siglo XIX. El *Apatosaurus* tenía cuerpo y piernas pesados y cuello y cola largos. Era más pesado que el *Diplodocus*, aunque no tan alto como el *Brachiosaurus*, dos de los saurópodos más conocidos. Hasta hace poco, se le imaginaba parecido al *Camarasaurus*, porque los esqueletos encontrados no tenían cabeza y se le reconstruyó con un cráneo pequeño. En 1979 dos expertos estudiaron los apuntes de campo de los recolectores de huesos de hace cien años y, con estas y otras pruebas, mostraron que el *Apatosaurus* tenía un cráneo alargado, como el del *Diplodocus*.

Apatosaurus

ARCHAEOPTERYX

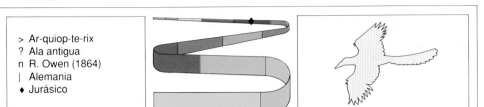

> Ar-quiop-te-rix
? Ala antigua
n R. Owen (1864)
| Alemania
♦ Jurásico

|← 0.35m →|

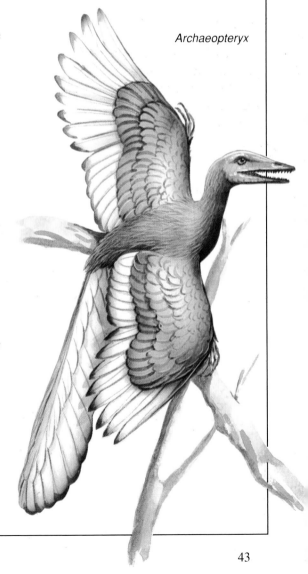

Archaeopteryx

Tal vez el *Archaeopteryx* sea el animal fósil más famoso de todos. Se le describe en casi todos los libros sobre la historia de la vida y la evolución porque se le considera un perfecto ejemplo de "eslabón perdido" entre los reptiles y las aves. Esto significa que presenta aspectos primitivos de los reptiles, como dientes, garras en las patas y una larga cola huesuda, al igual que características evolutivas avanzadas de las aves, como plumas y espoleta. Estos últimos rasgos lo convierten en el ave más antigua que se conoce. El *Archaeopteryx* probablemente podía volar igual que las aves actuales, aunque no se sabe si lo hacía de árbol en árbol o sobre campo abierto.

Los primeros fósiles de *Archaeopteryx* se encontraron en 1861, y desde entonces han aparecido seis más, el último de ellos en 1987. Se conservaron en piedras calizas que se usaban para placas de impresión. La piedra se depositó en una laguna cálida cerca de la tierra y conservó maravillosamente muchos fósiles: medusas, gusanos, peces completos, reptiles voladores con todo y piel y el *Archaeopteryx.*

ARCHAEOTHERIUM

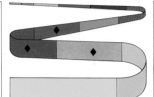

> Ar-quio-te-rium
? Bestia antigua
n ·J. Leidy (1850)
| América del Norte; Asia
♦ Eoceno Mioceno

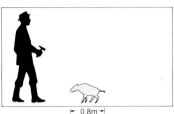

← 0.8m →

Al principio de su historia, los cerdos eran mucho más variados y estaban más extendidos que ahora. Uno de los primeros grupos —de los bosques de América del Norte, Europa y el oriente de Asia de hace 25 a 50 millones de años— fue el de los entelodontes, como el *Archaeotherium*. El cráneo era largo y tenía dientes afilados al frente, entre ellos dos colmillos y muchas muelas anchas detrás. Las mandíbulas eran profundas, lo que muestra que debían tener músculos fuertes. También tenía grandes protuberancias óseas en la mandíbula inferior cuya función se ignora.

El *Archaeotherium* probablemente se alimentaba de plantas duras y raíces. La zona del cerebro relacionada con el sentido del olfato estaba muy desarrollada, por lo que el *Archaeotherium* tal vez era capaz de oler raíces desde la superficie. Tenía cuello corto por el gran tamaño de su cabeza: cabezas grandes requieren grandes músculos para moverlas . Las patas eran lo suficientemente grandes como para correr entre los árboles. Los entelodontes se extinguieron cuando las praderas se extendieron en América del Norte, Europa y Asia, pues probablemente no estaban adaptados para vivir en terreno abierto.

Archaeotherium

ARCHAEOTHYRIS

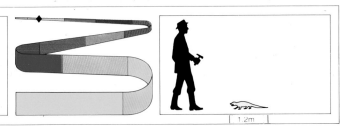

> Ar-quio-ti-ris
? Ventana antigua
n R.R. Reisz (1972)
| Canadá
♦ Pérmico Carbonífero

1.2m

Esqueleto de Archaeothyris y (abajo) el lado izquierdo del cráneo visto desde arriba.

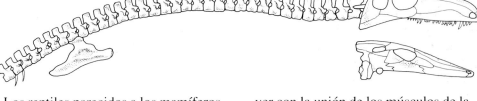

Los reptiles parecidos a los mamíferos fueron un grupo terrestre importante entre hace 320 y 225 millones de años, grupo que incluye a la mayoría de los herbívoros y carnívoros de su tiempo, en particular los de mayor tamaño. También son importantes porque marcan el origen de los mamíferos a partir de de sus antepasados reptiles.

El *Archaeothyris* es el reptil de este tipo más antiguo que se conoce, aunque sólo a través de un cráneo y un esqueleto parcial encontrados en un tronco fosilizado en Canadá, al igual que el *Hylonomus*.

El *Archaeothyris* fue un animal pequeño que más parecía una lagartija que un mamífero. Su largo cráneo de hocico estrecho tenía una gran cuenca para el ojo y una abertura única atrás de ella. Esa abertura trasera, conocida como *fenestra temporal*, quizá tenía algo que

ver con la unión de los músculos de la mandíbula, aunque es importante por otra razón. Todos los mamíferos, al igual que los reptiles parecidos a los mamíferos, muestran este mismo patrón particular en el cráneo, lo que sin duda hace del *Archaeothyris* nuestro ancestro más viejo y distante que hasta el momento se conoce.

Los dientes del *Archaeothyris* eran puntiagudos y en forma de clavija y su tamaño varía. Tales dientes estaban adaptados para traspasar el cascarón de los escarabajos y otros insectos comunes en los bosques húmedos y cálidos donde el *Archaeothyris* vivía. El esqueleto completo no se conoce, pero pudo tener una larga cola, así como extremidades largas y extendidas que le permitían moverse rápidamente como las lagartijas modernas.

ARCHELON

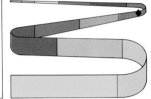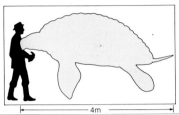

> Ar-que-lón
? Tortuga antigua
n Wieland (1896)
| Wyoming (EU)
♦ Cretácico

4m

Los fósiles de tortugas en general se parecen mucho a las tortugas actuales. La forma del cuerpo depende del caparazón, que cubre la espalda y el vientre. Uno de los fósiles de tortuga más raros es el *Archelon*, que se conoce gracias a múltiples esqueletos en depósitos calizos de los mares poco profundos que cubrieron América del Norte, desde Alberta hasta Texas. El gigante *Archelon* pertenece a un grupo extinto que mostraba una reducción del caparazón a tiras parecidas a costillas, y placas en forma de estrella. El caparazón de todas las tortugas está hecho de hueso, y se fija en las costillas y otras partes del esqueleto. La pérdida de hueso en el caparazón del *Archelon* se debió quizá a la economía de peso. Era un enorme animal mucho más grande que las tortugas modernas, y debía nadar rápidamente para atrapar peces. Las grandes patas en forma de remo probablemente impulsaban el cuerpo hacia adelante al moverse en forma de ocho, como los remos de las tortugas modernas.

Archelon

ARGYROLAGUS

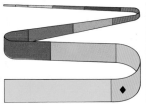

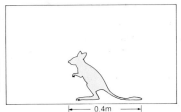

> Ar-ji-ro-la-gus
? Liebre plateada
n F. Ameghino (1904)
| Argentina
♦ Plioceno

0.4m

A primera vista, el *Argyrolagus* debía parecerse a un conejo, con sus largas patas traseras, brazos cortos y dientes de roedor. Tal vez también tuvo orejas largas, pero éstas no se preservaron en los fósiles. Sin embargo, el *Argyrolagus* fue parte de una evolución notable e independiente que tuvo lugar en América del Sur en los últimos 70 millones de años. Hasta hace cerca de tres millones de años, América del Sur era una isla y su vida terrestre evolucionó separada del resto del mundo. Los marsupiales, mamíferos con bolsa, se hallaban en América del Sur y cubrieron muchos puestos ocupados por los mamíferos placentarios en otros lugares. No obstante, casi todos los marsupiales sudamericanos han desaparecido.

Argyrolagus

ARSINOITHERIUM

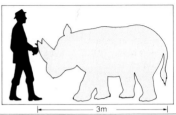

> Ar-si-no-te-rium
? Bestia de Arsinoë
n H.J.L. Breadnell (1920)
| Egipto
♦ Oligoceno

3m

Uno de los fósiles más antiguos de mamíferos debe ser el *Arsinoitherium*, un extraño animal parecido al rinoceronte. Se le conoce por medio de cráneos y esqueletos bien conservados de los mismos depósitos del *Moeritherium*, en Egipto, y algunos otros más deteriorados del Medio Oriente. Su característica más obvia son los dos grandes ''cuernos'' que se levantan sobre el hocico. Se funden en la base y son huecos. En los machos eran puntiagudos y en las hembras y jóvenes más pequeños y romos. En los animales vivos, los cuernos estaban cubiertos de piel, lo que se deduce de la presencia de vasos sanguíneos en la parte exterior del hueso, así que deben haberse visto más como los cuernos de una jirafa que como los de un rinoceronte. El *Arsinoitherium* tenía dientes altos, probablemente para triturar plantas duras.

Arsinoitherium

ASKEPTOSAURUS

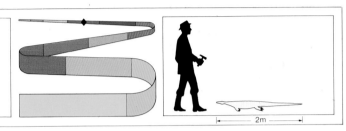

> As-quep-to-sau-rus
? Reptil impensable
n F. Nopsca (1925)
| Suiza
♦ Triásico

2m

En el período Triásico (hace entre 245-208 millones de años) muchos grupos de reptiles que habían vivido en tierra intentaron la vida en el mar. El *Askeptosaurus* fue miembro de una de las familias probablemente emparentadas con los antepasados de las lagartijas que se establecieron en el mar. La cabeza alargada tenía hileras de dientes afilados para atrapar peces resbalosos, mientras que el cuerpo era muy largo, casi como el de una serpiente. El *Askeptosaurus* tal vez nadaba ondulando el cuerpo y aceleraba con las patas en forma de remo.

*Esqueleto de Askeptosaurus
(2 m de largo)*

ASTRAPOTHERIUM

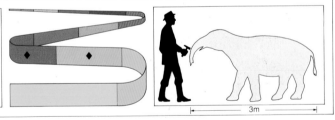

> As-tra-po-te-rium
? Bestia estrella
n H. Burmeister (1879)
| Argentina
♦ Oligoceno Mioceno

3m

Mientras los marsupiales evolucionaban en líneas extrañas en América del Sur (ver *Argyrolagus*), algunas líneas de herbívoros placentarios también cobraron importancia.

El *Astrapotherium* es un buen ejemplo de un grupo extinto que era muy importante hace 20 millones de años.

Era grande como rinoceronte, pero tenía piernas más bien cortas. La cabeza era corta, con dos largas y altas fosas nasales, lo que sugiere que el *Astrapotherium* tuvo una trompa flexible. Tenía dos colmillos que pudo usar para arrancar plantas o cortar tallos duros.

AUSTRALOPITHECUS

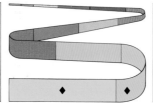

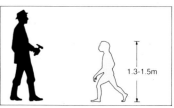

> Aus-tra-lo-pi-te-cus
? Mono del sur
n R. Dart (1925)
I Kenya
◆ Plioceno Pleistoceno

1.3-1.5m

Algunos creen que los verdaderos seres humanos aparecieron hace cinco millones de años , como sugiere la comparación entre los seres humanos modernos y los chimpancés, nuestros parientes más cercanos. Los fósiles humanos más antiguos que se conocen pertenecen al llamado *Australopithecus,* que vivió en el período que va de hace casi cuatro a un millón de años. Hubo varias especies: algunas pequeñas y ágiles como los chimpancés; otras altas como los humanos modernos. Todos vivieron en el oriente y el sur de África, donde buscaban alimento vegetal (frutas, nueces, raíces) lo mismo que pequeños animales cuando podían atraparlos.

El *Australopithecus* podía caminar erguido sobre sus piernas como nosotros, pero aún tenía el cerebro del tamaño del de un mono.

Australopithecus

AVACERATOPS

> A-va-ce-ra-tops
? Ava (la esposa del
  descubridor) cara
  con cuerno
n Dr. P. Dodson (1986)
| América del Norte
♦ Cretácico

El *Avaceratops* fue bautizado en 1986 a partir del esqueleto parcial de un dinosaurio cornudo hallado en Montana, Estados Unidos, en 1981. El hallazgo consta de un cráneo casi completo, de casi todos los huesos de las patas y algunas vértebras y costillas. Muestra aspectos parecidos a los del *Brachyceratops* y a los del *Monoclonius*. Tenía un corto collar óseo sobre el cuello y un solo cuerno sobre el hocico.

El pequeño tamaño del esqueleto (el largo se estima en 2.5 m) no es usual. Se ha sugerido que pudiera tratarse de un animal joven que no había terminado su desarrollo; sin embargo, aun así debió ser más pequeño que sus parientes. Trabajos recientes en el sitio donde se encontraron sus restos han sacado a la luz 15,000 huesos de ocho o más tipos de dinosaurios, tortugas, mamíferos y peces.

Avaceratops

BARBOUROFELIS

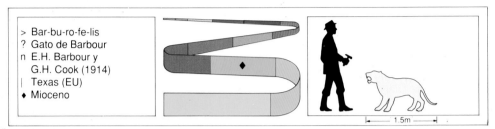

> Bar-bu-ro-fe-lis
? Gato de Barbour
n E.H. Barbour y
  G.H. Cook (1914)
| Texas (EU)
♦ Mioceno

1.5m

Barbourofelis

Los gatos más grandes de nuestros tiempos son los leones y los tigres, los cuales pueden atrapar grandes ciervos y antílopes mordiéndolos en sitios débiles. En el pasado, varios grupos de gatos eran capaces de atacar animales más grandes, con frecuencia con piel muy gruesa.

El *Barbourofelis* era un gato ''dientes de daga'', parte de un grupo que tenía largos dientes en forma de puñal en la mandíbula superior. Podía abrir mucho la boca y clavar sus afilados dientes en la piel de los primeros elefantes y rinocerontes.

El *Barbourofelis* tenía piernas más cortas que muchos de los gatos cazadores modernos, y no podía correr a gran velocidad. Aunque parece un *Smilodon*, gato dientes de sable, los largos dientes del *Barbourofelis* probablemente siguieron una línea de evolución diferente.

BAROSAURUS

> Ba-ro-sau-rus
? Reptil pesado
n Dr. O.C. Marsh (1890)
| América del Norte; África
♦ Jurásico

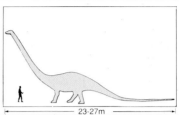

23-27m

El *Barosaurus* es un dinosaurio muy importante, pues se halló en el oeste de Estados Unidos y en Tanzania, al este de África, en rocas de la misma edad. Esto prueba que este dinosaurio inmenso podía viajar entre esas dos áreas y que ambas estaban unidas por tierra. Se ha sugerido que el *Barosaurus* y otros grandes saurópodos usaban sus largos cuellos para alimentarse de la parte alta de los árboles, tal y como hacen en nuestros días las jirafas. Sin embargo, cuando el *Barosaurus* elevaba la cabeza la sangre podía dejar de fluir hasta esa altura, así que tal vez sólo lo hacía durante algunos momentos. Los huesos del cuello eran de cerca de 1 metro de largo, pero sorprendentemente ligeros. Cada hueso era hueco y formado por una estrecha trama de puntales óseos. De haber sido sólidos, el largo cuello hubiera sido demasiado pesado como para levantarlo.

Barosaurus

BARYONYX

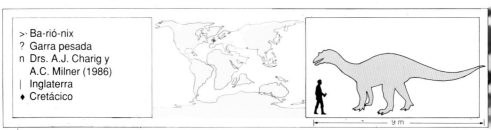

> Ba-rió-nix
? Garra pesada
n Drs. A.J. Charig y
   A.C. Milner (1986)
| Inglaterra
♦ Cretácico

Uno de los más notables hallazgos recientes de dinosaurios fue una gran garra curva de cerca de 30 centímetros de largo, encontrada en 1983 por un colector aficionado de fósiles en una fosa de arcilla del sur de Inglaterra. El gran tamaño de esta terrible garra mostraba que debía pertenecer a un carnívoro gigante de una clase que nunca antes se había encontrado en alguna otra parte del mundo. Excavaciones posteriores sacaron a la luz restos del cráneo y del esqueleto, con un total de la mitad o más de todos los huesos. Estaban contenidos en una dura roca que tomó años remover. La garra del *Baryonyx* es notable por sí misma —pudo usarla como la garra-puñal del *Deynonychus*—, pero aún no se sabe si la tenía ¡en la mano o en el pie! El cráneo del *Baryonyx* tampoco es común. Es largo y plano como el de un cocodrilo. Eso, y el hecho de haber encontrado escamas en la región del estómago, sugiere que el *Baryonyx* se alimentaba de peces.

BRACHIOSAURUS

> Bra-quio-sau-rus
? Reptil brazo
n Dr. E.S. Riggs (1903)
| América del Norte; África
♦ Jurásico

22.5 m

El *Brachiosaurus* es el dinosaurio más grande del que se conoce el esqueleto completo. Tenía patas delanteras muy largas (de ahí el nombre "reptil brazo") y si levantaba el cuello hubiera podido ver sobre el techo de un edificio de tres pisos. Los mejores esqueletos se colectaron a principios de siglo en Tanzania. Cientos de trabajadores locales excavaron a mano para extraer los huesos y los llevaron a puerto para enviarlos a Alemania. Otros ejemplares de *Brachiosaurus* se han hallado en Estados Unidos. Un esqueleto enorme se encuentra en el Museo Humboldt de Berlín.

El largo cuello contaba con 14 huesos individuales. Cada uno de ellos debía ser muy fuerte para soportar el gran peso del cuello. Había huecos en los lados de los huesos que pudieron contener aire.

Enormes músculos y tendones con forma de cuerda corrían a lo largo del cuello y la espalda. Se usaban para levantar el cuello, de manera muy semejante a los cables de acero de una grúa. Es probable que el *Brachiosaurus* se haya alimentado de hojas de árboles altos, ¡como una jirafa gigante! El *Brachiosaurus* tenía las fosas nasales en la parte alta de la cabeza, y por ello se pensó que podía respirar bajo el agua. Sin embargo, eso es poco probable, pues la presión del agua se lo hubiera impedido.

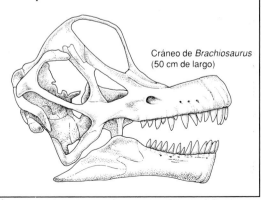

Cráneo de *Brachiosaurus* (50 cm de largo)

EVOLUCIÓN DE LAS AVES

El *Archaeopteryx*, la primera ave, hace 150 millones de años voló sobre las lagunas templadas que cubrían parte del sur de Alemania. Los primeros fósiles de esta ave se encontraron en 1861, poco después de la publicación de *El origen de las especies* de Charles Darwin. Los evolucionistas enseguida percibieron que el *Archaeopteryx* era un perfecto "eslabón perdido", un animal que se encuentra entre dos grandes grupos, en este caso los reptiles y las aves. Varios esqueletos completos de *Archaeopteryx* se han encontrado desde 1861, y todos ellos están excepcionalmente bien preservados. Muestran con gran detalle los delicados huesos huecos y hasta las

plumas se han conservado en impresiones sobre el barro. Al principio los paleontólogos pensaron que se trataba de un pequeño dinosaurio, porque el esqueleto era como de reptil: tenía cola larga de hueso y las mandíbulas presentaban filas de dientes afilados. Las plumas prueban que el *Archaeopteryx* fue la primera ave y es probable que las aves surgieron de antepasados dinosaurios hace cerca de 160 millones de años. Durante el período Cretácico (hace 144-66 millones de años), las aves adquirieron una apariencia más moderna. Perdieron la

Fósil de un *Archaeopterix*, considerado el "eslabón perdido" entre los reptiles y las aves

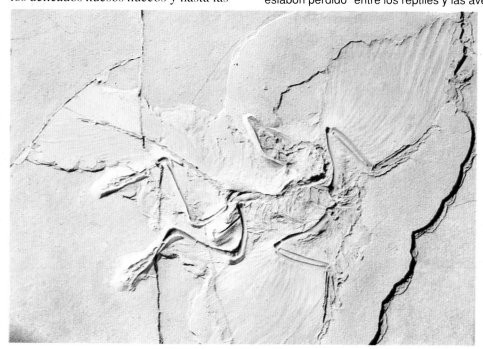

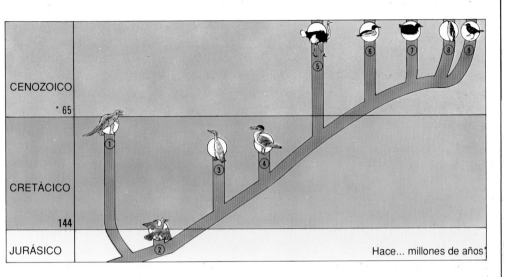

CENOZOICO		
• 65		
CRETÁCICO		
144		
JURÁSICO		Hace... millones de años

larga cola de hueso, las garras de las alas y los dientes. Sin embargo, las aves del Cretácico más conocidas, *Hesperornis* e *Ichthyornis*, aún tenían dientes que usaban para atrapar y cortar peces. En los 66 millones de años de la era Cenozoica, surgieron todos los grupos modernos de aves. La historia exacta de su evolución no se conoce bien, pues los buenos fósiles de aves son raros. Las aves modernas presentan dos grupos: las que no vuelan (como las avestruces, los emús y los kiwis, que perdieron el uso de sus alas) y las que vuelan.

Las aves que vuelan al parecer incluyen dos grupos. Los patos, gansos, gallinas y faisanes forman un grupo que aparenta haber evolucionado en forma separada. El resto, que forma el otro grupo, no es fácil de clasificar en forma precisa.

Clave de la evolución de las aves

1 Dinosaurios carnívoros
2 Archaeopteryx
3 Hesperornis
4 Ichthyornis
5 Avestruces y emús
6 Gallinas, patos
7 Aves costeras
8 Pingüinos
9 Aves que se posan

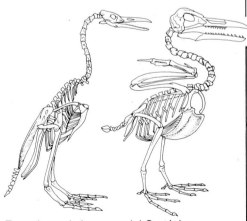

Esqueletos de las aves del Cretácico *Hesperornis* (izquierda) e *Ichthyornis* (derecha).

BRACHYCERATOPS

> Bra-qui-ce-ra-tops
? Cara con cuernos cortos
n Dr. C.W. Gilmore (1914)
| América del Norte
♦ Cretácico

1.8m

El *Brachyceratops* fue un pequeño ceratopsio de sólo 1.8 metros de largo. Tenía un cuerno bien desarrollado y ligeramente curvo en el hocico, y otros más pequeños sobre los ojos. El collar era corto. Se conocen cinco o seis esqueletos de *Brachyceratops*, todos ellos de ejemplares jóvenes. Parecen un joven *Monoclonius*, pero eso es difícil de probar.

El primer ejemplar de *Brachyceratops* consistía en un cráneo bastante completo y huesos de otras partes del cuerpo, entre ellos de la columna vertebral, la cola y las patas traseras. El cráneo original se encontró fragmentado en muchas piezas en una pequeña área de una roca. Tuvieron que extraerse por separado y luego ser ensamblados en un laboratorio.

BRACHYLOPHOSAURUS

> Bra-qui-lo-fo-sau-rus
? Reptil de cresta corta
n Dr. C.M. Sternberg (1953)
| América del Norte
♦ Cretácico

7m

El *Brachylophosaurus* fue uno de los primeros dinosaurios pico de pato o hadrosaurios. El primer ejemplar se localizó en 1936 en un rico yacimiento de Alberta, Canadá, y consistía en un cráneo y la parte delantera del esqueleto (cuello, hombros y brazos). El muy bien conservado cráneo muestra un gran hocico aplanado con grandes fosas nasales a cada lado. Hacia atrás de ellas

se encuentra una cresta simple formada por los huesos nasales, que se extiende entre los ojos y forma una amplia placa. Hay una pequeña espina que apunta hacia atrás. La cresta era sólida y su propósito exacto es difícil de definir. Pudo haber sido un tipo de seña de identidad para que otros dinosaurios supieran de qué tipo de animal se trataba.

BRONTOTHERIUM

> Bron-to-te-rium
? Bestia trueno
n W.B. Scott y H.F.
  Osborne (1887)
| Dakota del Sur (EU)
♦ Oligoceno

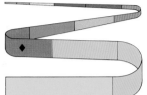

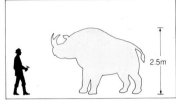

2.5m

Los brontoterios fueron un grupo de grandes herbívoros que se parecían mucho a los rinocerontes, pero que sólo estaban lejanamente emparentados con ellos. El *Brontotherium* y sus parientes se alimentaban de hojas de árboles y arbustos, y generalmente vivían en los bosques templados que cubrían América del Norte, Europa y partes de Asia. El *Brontotherium* era más grande que cualquier rinoceronte actual, y tenía en el hocico un notable "cuerno" bifurcado cuya forma recuerda una catapulta. Tal "cuerno" era mayor en los machos que en las hembras; tal vez servía para peleas, como los cuernos de los ciervos y antílopes de ahora. Los brontoterios se extinguieron cuando los bosques fueron reemplazados por grandes pastizales. No podían alimentarse de los nuevos pastos, y su lugar lo ocuparon caballos, rinocerontes y otros animales que sí podían hacerlo.

Brontotherium

CAMPTOSAURUS

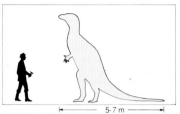

> Camp-to-sau-rus
? Reptil flexible
n Dr. O.C. Marsh (1885)
| América del Norte;
  Europa
♦ Jurásico

5-7 m

El *Camptosaurus* era pesado y llegaba a medir 7 metros de largo. En muchos aspectos se parece al *Iguanodon*. El *Camptosaurus* tenía largas y poderosas patas traseras y brazos más bien cortos. Sin embargo, tenía pequeñas pezuñas en cada dedo de la mano, lo que indica que caminaba sobre sus cuatro miembros al menos parte del tiempo. Con sus filas de cientos de dientes, el *Camptosaurus* podía comer tallos muy duros. Se han descrito por lo menos diez especies de *Camptosaurus* de diferentes partes de Europa y América del Norte. Varían en tamaño y proporción, pero indican lo extendido que estaba este tipo de dinosaurio.

Camptosaurus

CARCHARODONTOSAURUS

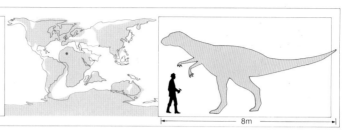

> Car-ca-ro-don-to-sau-rus
? Reptil *Carcharodon*
   (un tiburón gigante)
n Dr. E. Stromer (1931)
| África
♦ Cretácico

8m

El *Carcharodontosaurus* fue un carnívoro gigante de 8 metros de largo. Debió alimentarse de herbívoros que vivían en la misma región, como el *Ouranosaurus*. Se conoce al *Carcharodontosaurus* por un buen número de ejemplares localizados en las regiones desérticas del norte de África, pero ninguno de los restos está completo. Hay partes del cráneo, numerosos dientes (algunos de 13 o 14 centímetros de largo), partes de la columna vertebral, huesos de las patas y otros fragmentos.

El *Carcharodontosaurus* tenía brazos cortos con poderosas garras. Al principio se pensó que era una especie de *Megalosaurus*, pero más tarde se le dio un nuevo nombre, pues los restos eran muy diferentes de ese dinosaurio inglés. Al paso del tiempo, nuevos ejemplares se han reportado en muchos lugares de Marruecos, el Sahara, Nigeria y Egipto.

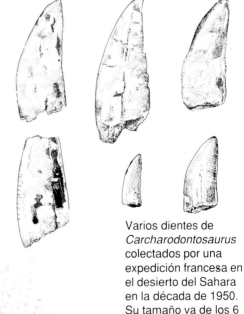

Varios dientes de *Carcharodontosaurus* colectados por una expedición francesa en el desierto del Sahara en la década de 1950. Su tamaño va de los 6 a los 10.5 cm de largo.

CARNOSAURIA

Tyrannosaurus

Megalosauru

Allosaurus

Spinosauru

Ceratosaurus

La infraorden Carnosauria incluye a todos los dinosaurios carnívoros gigantes. La clasificación de este grupo es difícil, pero parece que hubo cuatro familias principales. La más grande fue Megalosauridae, que vivió del Jurásico Temprano al Cretácico Tardío. Los megalosáuridos que se conocen son casi por completo de Europa (*Megalosaurus*) y América del Norte (*Allosaurus, Dryptosaurus*), hay pocos ejemplares de África (*Carcharodontosaurus*) e importantes descubrimientos recientes de América del Sur (*Piatnitzkysaurus*) y China (*Xuanhanosaurus*).

Las otras tres familias de carnosaurios son más fáciles de definir. Los Spinosauridae tenían aleta en el lomo. Este grupo incluye al *Acrocanthosaurus* de América del Norte y al *Spinosaurus* de África, ambos del Cretácico Temprano. Los Tyrannosauridae fueron grandes carnívoros del Cretácico Tardío de América del Norte (*Albertosaurus, Daspletosaurus, Tyrannosaurus*), Mongolia (*Tarbosaurus*) e India (*Indosuchus*). Tenían poderosas mandíbulas con dientes enormes, así como brazos cortos. La cuarta familia de carnosaurios, descubierta recientemente, es Abelisauridae, del Cretácico Tardío de América del Sur (*Abelisaurus, Carnotaurus*). Los dinosaurios de este grupo eran como los Tyrannosauridae en algunos aspectos, pero tenían cráneos más pequeños y cuernos sobre los ojos.

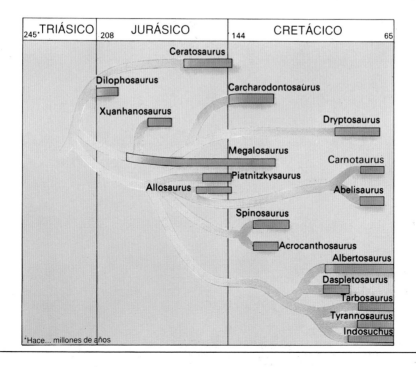

| 245*TRIÁSICO | 208 | JURÁSICO | 144 | CRETÁCICO | 65 |

Ceratosaurus
Dilophosaurus
Carcharodontosaurus
Xuanhanosaurus
Dryptosaurus
Megalosaurus
Carnotaurus
Piatnitzkysaurus
Allosaurus
Abelisaurus
Spinosaurus
Acrocanthosaurus
Albertosaurus
Daspletosaurus
Tarbosaurus
Tyrannosaurus
Indosuchus

*Hace... millones de años

CERATOPSIA

La infraorden Ceratopsia incluye a todos los dinosaurios con cuerno. Este fue un grupo de dinosaurios muy exitoso, aunque su historia es corta. La mayor parte de los ceratópsidos vivió en el período Cretácico Tardío, el último de la era de los dinosaurios; no obstante, fueron muy comunes y aparecieron docenas de especies. A pesar de los muchos tipos de ceratopsios, sólo se han hallado en América del Norte y Asia.

Hubo dos familias primitivas (psittacosáuridos y protoceratópsidos) y una gran familia evolucionada (ceratópsidos). La familia Ceratopsidae no puede dividirse fácilmente, pero muchos paleontólogos creen que hubo

dos grupos: el de ceratópsidos de collar corto (*Avaceratops*, *Brachyceratops*, *Monoclonius*, *Pachyrhinosaurus*, *Styracosaurus* y *Triceratops*) y el de los de collar grande (*Anchiceratops*, *Chasmosaurus*, *Pentaceratops* y *Torosaurus*). Las formas de collar grande eran al parecer más evolucionadas en general que las de collar corto y surgieron un poco más tarde en el Cretácico Tardío, precisamente antes de que terminara la era de los dinosaurios.

Todos los ceratopsios tenían cuernos en la nariz y sobre los ojos, así como un collar óseo en la parte de atrás de la cabeza, sobre el cuello. Las formas primitivas como el *Psittacosaurus* y el

245*TRIÁSICO	208 JURÁSICO	144 CRETÁCICO 65
		Psittacosaurus
		Leptoceratops
		Bagaceratops
		Protoceratops
		Pachyrhinosaurus
		Brachyceratops
		Avaceratops
		Monoclonius
		Styracosaurus
		Triceratops
		Pentaceratops
		Anchiceratops
		Chasmosaurus
		Torosaurus

*Hace... millones de años

Protoceratops tenían sólo protuberancias óseas en lugar de cuernos y collares más pequeños, y representan un estado evolutivo temprano.

La otra característica obvia de los ceratopsios fue el pico óseo curvo de la mandíbula superior, que les permitía arrancar ramas de hojas resistentes.

Pentaceratops

Styracosaurus

Triceratops

Psittacosaurus

Protoceratops

CERATOSAURUS

> Ce-ra-to-sau-rus
? Reptil con cuerno
n Dr. O.C. Marsh (1884)
| América del Norte
♦ Jurásico

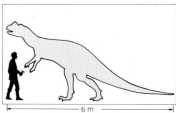

6 m

El *Ceratosaurus* fue uno de los reptiles carnívoros menos comunes. Era de gran tamaño, de hasta de 6 metros de longitud, y tenía grandes colmillos afilados. Sin embargo, tenía un cuerno en la nariz. Tal vez no servía para autoprotección, aunque pudo ser usado por los machos cuando peleaban por una compañera.

El primer esqueleto de *Ceratosaurus* se encontró en la misma cantera donde había uno de *Allosaurus*. El *Ceratosaurus* era más pequeño que el *Allosaurus*, pero tenía mandíbulas más grandes. Tenía cuatro dedos en la mano, mientras que el *Allosaurus* tenía sólo tres.

Ceratosaurus

CETIOSAURUS

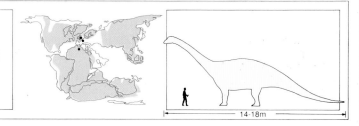

> Ce-tio-sau-rus
? Reptil ballena
n Sir Richard Owen (1841)
| Europa: África
♦ Jurásico

14-18m

El *Cetiosaurus* fue uno de los primeros dinosaurios que se descubrieron: fue bautizado en 1841 a partir de algunos dientes y huesos. Un esqueleto parcial se halló cerca de Oxford en 1870; recientemente se encontró un esqueleto más completo en Rutland, Inglaterra, y puede apreciarse en el Museo de Leicestershire. En Marruecos se localizó en 1979 un fémur de 2 metros de longitud, ¡lo que mide un hombre alto! El *Cetiosaurus* fue uno de los primeros saurópodos y en algunos aspectos era primitivo. Por ejemplo, su gran columna vertebral era sólida. Saurópodos posteriores tienen áreas huecas en sus huesos para reducir el peso.

Cetiosaurus

67

CHAMPSOSAURUS

> Camp-so-sau-rus
? Reptil cocodrilo
n E.D. Cope (1877)
| Canadá; Francia
♦ Cretácico
Paleoceno Eoceno

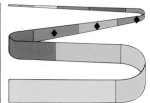

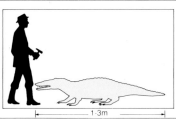

1·3m

Los campsosaurios a primera vista parecen cocodrilos. Vivieron en los ríos y lagos del medio oeste de América del Norte y parte de Europa durante los últimos millones de años de la era de los dinosaurios y el principio de la era de los mamíferos. *Champsosaurus*, sin embargo, no era un cocodrilo. El cráneo y el esqueleto, al examinarlos en detalle, resultan mucho más primitivos y parecen compartir características con los antepasados del Pérmico de dinosaurios, cocodrilos y lagartijas. Era un buen nadador, puesto que tenía una cola larga y aplanada, que le permitía impulsar el cuerpo bajo el agua al moverla de un lado al otro. Las patas eran amplias y en forma de remo, y debió usarlas para nadar y como timón. El hocico largo y estrecho, con hileras de dientes afilados, es igual al de los cocodrilos que comen peces. Fueron obviamente muy exitosos durante algún tiempo, ya que son los animales más comunes que se encuentran en ciertos depósitos de dinosaurios.

Champosaurus

CLAUDIOSAURUS

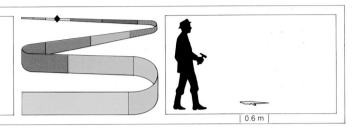

> Clau-dio-sau-rus
? Reptil de Claudio
n R.L. Carroll (1981)
| Madagascar
♦ Pérmico

| 0.6 m |

Esqueleto de *Claudiosaurus* (60 cm de largo)

Uno de los reptiles pequeños más extraños que se han encontrado recientemente es el *Claudiosaurus*. Tenía un cráneo como el del *Youngina*, una gran cuenca ocular y dientes cortos y afilados, usados probablemente para alimentarse de insectos y peces pequeños. El *Claudiosaurus* claramente fue un animal nadador, puesto que tenía patas amplias y en forma de remo que usaba de manera similar a como las ranas usan las suyas. La cola también era muy larga y pudo servir para nadar. El *Claudiosaurus* tenía una cabeza pequeña en relación con el resto del cuerpo; además, el cuello era largo.

El *Claudiosaurus* se parece a los notosaurios y a los plesiosaurios tales como el *Cryptocleidus* y el *Plesiosaurus*, y se ha sugerido que puede ser su antepasado. Algunos detalles del cráneo y del esqueleto dan pie para apoyar esa idea. La distribución de las aberturas del cráneo atrás de las cuencas oculares es similar, lo mismo que algunas características del paladar. Las articulaciones del hombro y de la cadera también muestran puntos similares con las del *Nothosaurus* y el *Plesiosaurus*. Otros científicos han argumentado que esas características también se encuentran en otros reptiles además de los notosaurios y los plesiosaurios. De hecho, todos los reptiles nadadores se parecen en ciertos aspectos, por lo que puede ser casualidad que el *Claudiosaurus* se parezca un poco a los plesiosaurios.

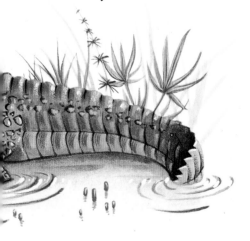

69

CLEVOSAURUS

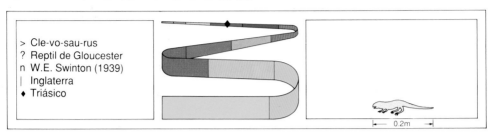

> Cle-vo-sau-rus
? Reptil de Gloucester
n W.E. Swinton (1939)
| Inglaterra
♦ Triásico

0.2m

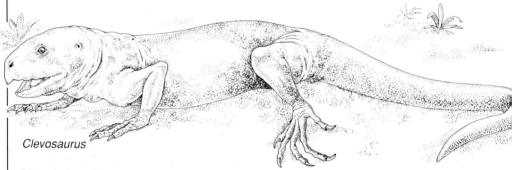

Clevosaurus

Uno de los reptiles modernos más intrigantes es la tuatara *Sphenodon*, que vive en algunas islas alrededor de Nueva Zelanda. Se alimenta de gusanos e insectos, captura presas parte de la noche y es longeva. Las tuataras no ponen huevos hasta que tienen 20 años, una edad mayor que la de cualquier otro reptil. La tuatara parece una lagartija, pero su cráneo y esqueleto son exactamente como los de los antepasados de las lagartijas modernas, que vivieron hace 220 millones de años. Se le llama "fósil viviente" porque la línea de la tuatara ha tenido pocos cambios a lo largo de la evolución, aun en el vasto tiempo en el que los dinosaurios evolucionaron, se extinguieron y dieron lugar a los mamíferos modernos.

El *Clevosaurus* era casi idéntico a la tuatara actual; sólo difiere en detalles menores de los dientes y la disposición de los huesos del cráneo. El *Clevosaurus* era menor que la tuatara actual y debió alimentarse tanto de insectos como de plantas, dado que sus dientes son diferentes a los de la forma de nuestros días. El *Clevosaurus* se ha estudiado a partir de muchos esqueletos fosilizados bien conservados en sistemas de cuevas del sur de Inglaterra y Gales. Se cree que los reptiles caminaban por la superficie y cayeron en las cuevas, donde murieron y fueron cubiertos por lodo y arena. En esas famosas cuevas también se hallaron algunos mamíferos tempranos, como el *Morganucodon*, además de otras especies de tuatara y algunos dinosaurios.

COELOPHYSIS

> Coe-lo-fi-sis
? Forma hueca
n Dr. E.D. Cope (1889)
| América del Norte
♦ Triásico

3m

El *Coelophysis* es el dinosaurio más antiguo que se conoce bien. Hay varios dinosaurios del Triásico Tardío de la misma edad —como el *Saltopus* y el *Staurikosaurus*— pero de ellos sólo se conocen uno o dos esqueletos. En 1947 se halló un grupo de cien o más esqueletos de *Coelophysis* en Ghost Ranch, Nuevo México, EU. Los ejemplares desenterrados allí incluyen animales jóvenes y viejos cuyo tamaño va de 1 a 3 metros de largo. El *Coelophysis* era muy delgado y podía correr en dos o cuatro patas. El cuello y la cola eran largos. Las manos sólo tenían tres dedos, pero muy fuertes. El *Coelophysis* tenía una cabeza estrecha y larga, y los dientes afilados y en forma de sierra indican que era carnívoro. Tal vez se alimentaba de una especie de lagartijas que se hallaron allí mismo.

Algunos esqueletos se encontraron con huesos de *Coelophysis* en el interior. Se creyó que eran bebés a punto de nacer. Sin embargo, eran demasiado grandes; quizá el *Coelophysis* era caníbal.

Coelophysis

71

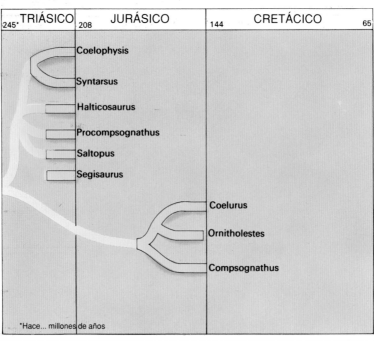

COELUROSAURIA

La infraorden Coelurosauria incluye una gran variedad de dinosaurios carnívoros pequeños y de mediano tamaño. Muchos de ellos corrían erguidos sobre las patas traseras, que eran largas y delgadas, y usaban las fuertes manos para sujetar a las presas y transportar el alimento.

Coelurosauria ha sido un grupo difícil de clasificar, debido a que incluye algunos de los dinosaurios más primitivos del Triásico Tardío, como el *Coelophysis* y el *Halticosaurus*, al igual que algunas formas posteriores del Jurásico Tardío, como el *Coelurus* y el *Compsognathus.*

Las formas tempranas, que han recibido el nombre de coelifisidios, se diferencian de las formas posteriores, los coelúridos, sobre todo en la forma de la cabeza y las manos. Los coelifisidios tienen grandes cabezas en forma de cuña y tres o cuatro garras en las manos. Los coelúridos tenían cabezas planas y siempre tres garras en las manos.

Los coelúridos del Jurásico Tardío siguen después de un espacio vacío en el Jurásico Temprano y Medio, del que no se han encontrado restos. Vivieron en América del Norte (*Coelurus, Ornitholestes*) y Europa (*Compsognathus*). Algún día los científicos encontrarán más especies de coelurosaurios para llenar el espacio en blanco. Algunos restos escasos indican que los coelurosaurios probablemente vivieron en el Cretácico, pero se extinguieron antes de finalizar la era de los dinosaurios.

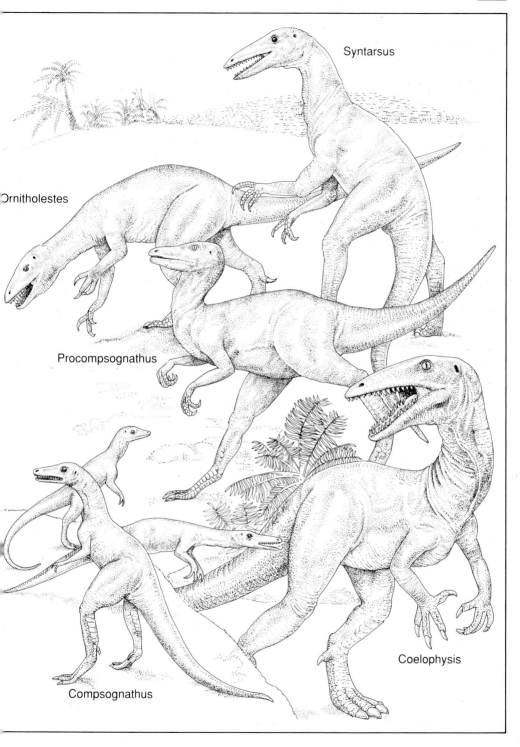

Syntarsus

Ornitholestes

Procompsognathus

Compsognathus

Coelophysis

COELURUS

> Coe-lu-rus
? Cola hueca
n Dr. O.C. Marsh (1879)
| América del Norte
♦ Jurásico

2m

El *Coelurus* fue un pequeño y ligero dinosaurio de sólo dos metros de largo. Su cráneo cabe en una mano humana. Los huesos eran muy ligeros (las vértebras de la cola eran huecas). La mano tenía sólo tres dedos: el pulgar era corto y los otros dos dedos eran largos, con garras curvas y afiladas.

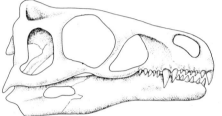

Cráneo de *Coelurus* (15 cm de ancho)

El primer ejemplar de *Coelurus* consistía en una sola vértebra que Othniel C. Marsh bautizó como *Coelurus fragilis* en 1879. Esa escasa muestra fue olvidada hasta mucho más tarde, después de que el *Ornitholestes* fue bautizado en 1903. El *Ornitholestes* se estudió en un esqueleto casi completo que apareció en la misma zona de Wyoming, Estados Unidos, donde se halló el hueso único de *Coelurus*. Todos pensaron que ambas muestras eran del mismo animal y los nombres se combinaron. Sin embargo, estudios posteriores mostraron que en realidad hubo dos pequeños carnívoros diferentes en la veta de fósiles de la llamada "Formación Morrison" de Wyoming, los cuales vivieron entre las patas de *Allosaurus, Brachiosaurus, Ceratosaurus* y *Stegosaurus*.

COMPSOGNATHUS

> Comp-sog-na-tus
? Bella mandíbula
n Dr. J.A. Wagner (1859)
| Europa
♦ Jurásico

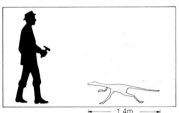

|← 1.4m →|

El *Compsognathus* estaba cercanamente emparentado con el *Coelurus* y vivió al mismo tiempo en Europa. El adulto es uno de los dinosaurios más pequeños que se conocen. El *Compsognathus* casi nunca rebasaba los 70 centímetros de largo —el tamaño de una gallina—, aunque podía alcanzar 1.4 metros (más de la mitad del largo correspondía a la delgada cola). Un solo esqueleto se halló en Alemania en 1861. En ese ejemplar, la cola está levantada y la cabeza se inclina hacia ella. Se pensó que era una posición poco natural que mostraba que el *Compsognathus* estuvo en agonía. Sin embargo, es común que la cabeza de los animales muertos se incline al secarse los músculos del cuello. Ese ejemplar, al igual que algunos de *Coelophysis*, tenía pequeños huesos en el interior y se pensó que también era caníbal. Ya se ha comprobado que esos huesos pertenecen a una lagartija. Otro buen ejemplar de *Compsognathus* se encontró recientemente en el sur de Francia, y es más grande que el alemán.

Una manada de *Compsognathus*

CRASSIGYRINUS

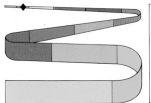

> Cra-si-ji-ri-nus
? Rana gruesa
n D.M.S. Watson (1929)
| Escocia
◆ Carbonífero

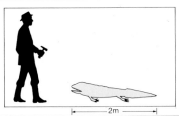

2m

La historia antigua de los anfibios se conoce muy poco. Aunque se conoce el *Ichthyostega* en rocas de cerca de 370 millones de años de antigüedad, hay un largo vacío entre hace 360 y 320 millones de años del que no se sabía nada hasta hace poco. El *Crassigyrinus* tiene un cráneo pesado con una amplia mandíbula inferior. De hecho, la mandíbula inferior es tan amplia como el cráneo. La enorme cabeza y las hileras de dientes afilados en las mandíbulas sugieren que el *Crassigyrinus* se alimentaba arremetiendo contra peces en estanques poco profundos. Cuando abría la boca, debió producirse un fuerte efecto de succión, y tanto peces como agua lodosa eran absorbidos. Ahora ya se conoce el cuerpo completo del *Crassigyrinus* gracias a notables colectas realizadas en Escocia en 1985. Tiene un largo cuerpo en forma de salchicha, una amplia cola como de pez que usaba para nadar y pequeños brazos que poco hubieran servido para caminar en tierra ¡o para cualquier otra cosa!

Crassigyrinus

CRYPTOCLEIDUS

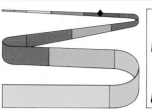

> Crip-to-clei-dus
? Diente cerrado escondido
n H.G. Seeley (1892)
| Inglaterra
♦ Jurásico

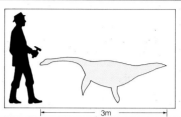

3m

Cryptocleidus

Los plesiosaurios fueron importantes reptiles que se alimentaban de peces durante el Jurásico y el Cretácico. Uno de ellos es el bien conocido *Cryptocleidus* de Inglaterra, que tenía un gran cuello con unas 35 vértebras, en lugar de las habituales siete u ocho de los reptiles. El cráneo y la mandíbula inferior son amplios, lo que indica que tenía poderosos músculos en esa región. El *Cryptocleidus* tenía patas largas y anchas en forma de remo que le servían para nadar. Las patas delanteras se movían hacia arriba y abajo, como si volara, para impulsar el cuerpo hacia adelante, y las traseras probablemente se usaban para dirigir el movimiento.

77

CYNOGNATHUS

> Ci-no-gna-tus
? Mandíbula de perro
n H.G. Seeley (1896)
| Argentina; África del Sur
♦ Triásico

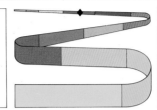

2m

Los reptiles parecidos a los mamíferos del Triásico (hace entre 245 y 208 millones de años) se acercaron mucho a los mamíferos en muchos aspectos. Es probable que el *Cynognathus* hasta tuviera pelo. ¿Cómo puede decirse eso a partir de un hueso fósil? Los mamíferos modernos con frecuencia tienen bigotes en el hocico, por ejemplo los largos y sensitivos pelos a ambos lados de la cara de perros y gatos, que sirven para sentir objetos y hasta movimientos en el aire. Cada bigote tiene un delgado vaso sanguíneo y un nervio en la raíz, y ambos pasan por aberturas especiales en los huesos del hocico. Esas aberturas se hallaron en el cráneo del *Cynognathus*. Si tenía bigotes, debió tener pelo en el cuerpo, dado que los bigotes son una forma especializada de pelo.

El *Cynognathus* tal vez se parecía a un perro grande, como el alsaciano o el labrador. Tenía dientes similares: colmillos puntiagudos en cada lado y dientes triangulares y afilados en la región de las mejillas, lo que demuestra que era un activo cazador carnívoro. El *Cynognathus* era un ágil corredor, aunque no tan veloz como los perros modernos, ya que sus patas eran más cortas y los pies se apoyaban en forma plana sobre el suelo, como los de los hombres (los perros modernos se apoyan en los dedos). El esqueleto del *Cynognathus* es parecido al de los mamíferos en lo flexible del cuerpo y la cola corta (los reptiles por lo general tienen colas largas).

Cynognathus

DASPLETOSAURUS

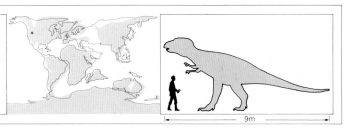

9m

El *Daspletosaurus* fue un temible carnívoro de 9 metros de largo. Tenía una enorme cabeza, anchas mandíbulas y dientes en forma de daga. Las poderosas patas traseras tenían tres dedos, pero los brazos eran débiles y tenían sólo dos dedos. El *Daspletosaurus* tal vez atacaba y devoraba a los dinosaurios pico de pato y a los ceratopsios que eran sus contemporáneos.

El primer esqueleto casi completo de *Daspletosaurus* se encontró en 1921 en la famosa área del río Red Deer, en Alberta, Canadá. Al principio se le identificó como *Gorgosaurus* (otro nombre del *Albertosaurus*). Sin embargo, estudios de detalle revelaron que era un animal diferente, de complexión más pesada que el *Albertosaurus* y con patas traseras más largas que sus demás parientes tiranosáuridos. El *Daspletosaurus* y el *Albertosaurus* vivieron juntos y al mismo tiempo en Alberta, y es probable que el *Daspletosaurus* se alimentara de presas más pesadas que el ligero *Albertosaurus*.

Daspletosaurus

DATOUSAURUS

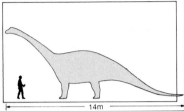

> Da-tu-sau-rus
? Reptil cabezón
n Prof. Dong Zhiming y
   Dr. Tang Zilu (1984)
| Asia
♦ Jurásico

El *Datousaurus* es uno de los saurópodos más antiguos que se conocen, contemporáneo del *Cetiosaurus*. Lo encontró una expedición china realizada entre 1979 y 1981 en la provincia de Sichuán, junto con otro nuevo saurópodo: el *Shunosaurus*. El *Datousaurus* tenía un gran cráneo con numerosos dientes en forma de cuchara. El cuello era más corto que en saurópodos posteriores y tenía fuertes piernas. Los nuevos descubrimientos chinos indican que los grandes saurópodos, que se desarrollaron a mediados del Jurásico, se extendieron rápidamente por todo el mundo a lugares tan apartados entre sí como Inglaterra, Argentina, India, Australia y China.

DEINOCHEIRUS

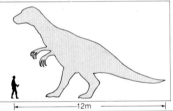

> Dei-no-quei-rus
? Mano terrible
n Drs. H. Osmólska y
   E. Roniewicz (1967)
| Asia
♦ Cretácico

El *Deinocheirus* es uno de los más asombrosos fósiles de dinosaurios que se conocen. Se trata de un par de enormes brazos, y nada más. Fueron encontrados en una reciente expedición en el sur de Mongolia por un equipo mongol-polaco. Cada brazo mide 2.6 metros de largo. Sólo tienen tres dedos con poderosas garras, cada una de ellas de 25 centímetros de largo. Si los brazos pertenecían a un carnívoro de proporciones normales, debe haber sido increíblemente grande. No es posible imaginar siquiera cómo sería el animal completo. Las largas garras sugieren que el *Deinocheirus* era un deinonicosaurio. Sin embargo, la forma de los delgados brazos parece más de un ornitomimisaurio. Hasta que se encuentren más huesos, nadie puede afirmar con seguridad qué tipo de dinosaurio era el *Deinocheirus* (ver pág. 7).

DEINOGALERIX

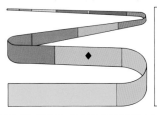

> Dei-no-ga-le-rix
? Erizo terrible
n M. Freudenthal (1973)
| Italia
♦ Mioceno

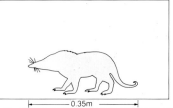

0.35m

Uno de los mamíferos insectívoros más extraños fue el *Deinogalerix*, el cual se encontró en los depósitos de una cueva del sur de Italia. Se trata del erizo conocido más grande, tres o cuatro veces mayor que la forma moderna más grande. Por sí sola, la cabeza es mayor que el erizo común europeo.

Más que un erizo espinudo, el *Deinogalerix* fue un erizo peludo, lo que quiere decir que su cuerpo estaba cubierto por cerdas largas en lugar de espinas. Las mandíbulas de 10 centímetros de largo, con filas de dientes afilados, eran tan grandes que hacen pensar que se alimentaba de pequeñas lagartijas y mamíferos en lugar de gusanos e insectos, como hacen los erizos modernos. ¿Por qué el *Deinogalerix* era tan grande? Al parecer, el sur de Italia en esa época era una serie de pequeñas islas, y tal vez el *Deino-galerix* evolucionó por separado durante un tiempo. Probablemente ocupaba el puesto de perros y gatos, pues tales carnívoros no existían en la isla.

Deinogalerix

DEINONYCHOSAURIA

Uno de los más interesantes grupos de dinosaurios, la infraorden Deinonychosauria, sólo recientemente se ha estudiado a profundidad. Durante muchos años se conocieron ejemplares de deinonicosaurios, como el *Dromaeosaurus* y el *Velociraptor*, pero el descubrimiento del *Deinonychus* indicó a los paleontólogos que se trataba de un nuevo grupo importante de dinosaurios del Cretácico.

Entre los deinonicosaurios se incluyen algunos de los dinosaurios carnívoros más notables y aterradores. Todos tenían en las patas, y a veces también en las manos, grandes y puntiagudas garras en forma de guadaña. Tales garras alcanzaban los 30 centímetros de largo y se usaban para "apuñalar" a la víctima.

Hubo al menos dos familias de deinonicosaurios: los dromaeosáuridos y los saurornitoídidos. Los Dromaeosauridae incluyen a los "uña de puñal" del Cretácico Medio y Tardío de América del Norte (*Deinonychus, Dromaoesaurus*) y Asia (*Hulsanpes, Velociraptor*). Eran animales ágiles de tamaño mediano con una gran garra en el segundo dedo de cada pata. Los Saurornithoididae se remontan al Cretácico Tardío de América del Norte (*Troodon*) y Asia (*Saurornithoides*). Estos eran más ligeros que los dromaeosáuridos; sus garras no eran tan grandes y la cabeza era más estrecha.

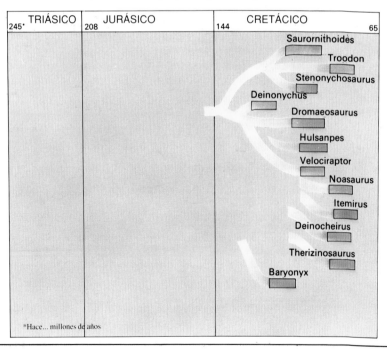

	TRIÁSICO	JURÁSICO	CRETÁCICO
245*		208	144 ... 65

Saurornithoides
Troodon
Stenonychosaurus
Deinonychus
Dromaeosaurus
Hulsanpes
Velociraptor
Noasaurus
Itemirus
Deinocheirus
Therizinosaurus
Baryonyx

*Hace... millones de años

Deinonychus

Velociraptor

Stenonychosaurus

DEINONYCHUS

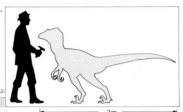

> Dei-no-ni-cus
? Garra terrible
n Dr. J.H. Ostrom (1969)
| Montana (EU)
♦ Cretácico

3m

El *Deinonychus* fue uno de los más interesantes dinosaurios descubiertos en la década de los años sesenta. Se encontraron varios esqueletos bien conservados en el sur de Montana, Estados Unidos, a partir de los que se realizaron restauraciones detalladas. El *Deinonychus*, que medía de 3 a 4 metros, era mayor que sus parientes el *Dromaeosaurus* y el *Velociraptor*. Tenía un cráneo ligero y sus mandíbulas estaban armadas con grandes dientes de carnívoro curvados hacia adentro. El *Deinonychus* tenía fuertes dedos en las

cortos. La gran garra la usaba para atacar a otros dinosaurios. Quizá se balanceaba en una pata para clavar la garra en el abdomen de las presas. La cola era rígida debido a largas barras óseas.

Deinonychus

manos. En cada uno de los tres dedos estaba armado con una gran garra y con músculos poderosos que le permitían clavarlas. Su característica más notable es la gran garra en forma de guadaña del segundo dedo de las patas. Los otros dedos tenían garras más cortas. Cuando el *Deinonychus* corría, echaba para atrás la gran garra y se apoyaba en los dedos

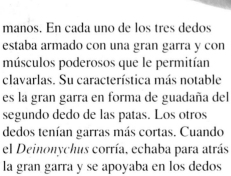

DEINOTHERIUM

> Dei-no-te-rium
? Mamífero terrible
n J.J. Kaup (1829)
| Europa; Asia; África
♦ Mioceno Plioceno
  Pleistoceno

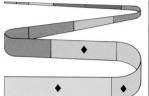

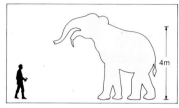

Hoy sólo existen dos especies de elefantes que viven en África e India, pero en el pasado hubo muchas más. Una de las líneas de la evolución del elefante que surgió hace más de 40 millones de años y continuó hasta tiempos relativamente recientes fue la de los deinoterios en África, Europa y Asia. Es evidente que el *Deinotherium* es una especie de elefante debido a la trompa larga y flexible, los col- millos y el gran tamaño del cuerpo. Alcanzaba los cuatro metros de altura hasta los hombros, altura mayor que la de cualquier elefante actual.

El *Deinotherium* fue un animal semejante al elefante, pero de una línea de evolución separada. Los colmillos, por ejemplo, estaban en la mandíbula inferior en lugar de en la superior, como en los elefantes verdaderos. Además, los dientes de las mejillas eran de estructura diferente, pues este animal estaba adaptado para moler la comida al frente y cortarla atrás. Los dientes de la mejilla de los elefantes verdaderos se usan sobre todo para moler. Los colmillos curvos del *Deinotherium* con frecuencia aparecen gastados y rotos en los fósiles y es probable que sirvieran para arrancar la corteza de los árboles moviendo la cabeza hacia abajo.

Deinotherium

DIADEMODON

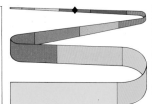
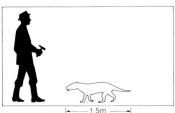

> Dia-de-mo-don
? Diente de corona
n H. G. Seeley (1895)
| África del Sur
♦ Triásico

— 1.5m —

El *Diademodon* representa una rama extraña de la evolución de los reptiles parecidos a los mamíferos. El *Diademodon* era un pariente cercano del *Cynognathus*, que se hallaba cerca de los descendientes directos de los mamíferos. Sin embargo, el *Diademodon* y sus parientes se volvieron altamente especializados como para arreglárselas con plantas muy duras.

El cráneo es como el del carnívoro *Cynognathus*, pero los molares son anchos y están muy gastados. Los ejemplares fósiles de *Diademodon* jóvenes muestran cómo se modificaron los dientes. Al principio, los dientes tenían algunas protuberancias alrededor de los bordes, como las muelas humanas, pero pronto se gastaban con las plantas duras y quedaba un cilindro de esmalte duro rodeando una capa de dentina blanda en la mitad. La característica notable de esos dientes es que los dientes de la parte superior trabajaban, precisamente, contra los de abajo. Es así como trabajan los dientes humanos y los de otros mamíferos, pero no los de los reptiles.

El hocico del *Diademodon* es estrecho, pero el cráneo se ensancha en la parte trasera. Los grandes espacios

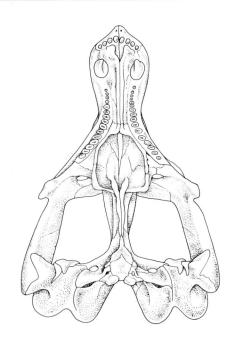

Cráneo de *Diademodon*

cuadrados de ambos lados contenían los músculos de la mandíbula, por lo que debió tener una fuerte mordida, como para moler las ramas y hojas más duras. En muchos aspectos, el *Diademodon* parece ser el primero de una serie de animales exitosos, una especie de rata-reptil, aunque sin nexos específicos con los roedores.

DIATRYMA

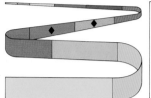

> Dia-tri-ma
? Comedero
n W.D. Matthew y
  W. Granger
| Europa; América del Norte
♦ Paleoceno Eoceno

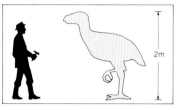

2m

Diatryma

En los primeros años de la era de los mamíferos, después de que todos los dinosaurios habían desaparecido, surgieron algunos animales muy extraños. Durante un tiempo, entre hace 65 y 40 millones de años, los carnívoros más grandes de parte de Europa y América del Norte fueron aves que no volaban. La *Diatryma* alcanzaba más o menos el tamaño de un hombre y tenía una gran cabeza con enormes mandíbulas. Atrapaba todo tipo de animales pequeños y medianos; fácilmente podía haber capturado alguno de los primeros caballos, como el *Hyracotherium*, que vivió en la misma época.

DICYNODON

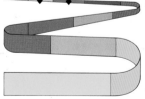

> Di-ci-no-don
? Dos dientes de perro
n R. Owen (1845)
| África del Sur
♦ Pérmico Triásico

|← 0.9m →|

Cuando los reptiles parecidos a los mamíferos gobernaban la Tierra, antes de que los dinosaurios sobresalieran, los principales herbívoros fueron los dicinodontes, un grupo de animales con forma de cerdo de distintos tamaños. El *Dicynodon* perdió la mayor parte de sus dientes y cortaba las plantas con las afiladas mandíbulas con cubierta córnea.

DIDUS

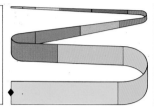

- > Di-dus
- ? Dodo
- n C. Linneaus (1765)
- | Mauricio
- ◆ Reciente

1m

El dodo, *Didus ineptus*, tal vez sea el animal más famoso que los hombres han hecho desaparecer. En 1598 marinos holandeses descubrieron esta extraña y pesada ave terrestre en la isla Mauricio. Llevaron dos ejemplares a Europa, donde se exhibieron ante el asombro general. Fueron descritos en una narración de ese viaje en un libro, publicado en 1601, donde se dice: "las llamamos aves repugnantes porque mientras más se cocinaran, menos suave se volvía su carne y más desagradable su sabor".

Desafortunadamente, otros marineros encontraron sabroso al dodo. Era tan grande y pesado que una sola ave alimentaba a la mitad de la tripulación de un barco mercante de entonces. El nombre dodo se deriva del portugués "doudo", que significa "bobo"; el nombre se debe a que eran aves muy fáciles de atrapar.

El dodo estaba cubierto de plumas grises, menos en la cara, que presentaba la piel desnuda. No volaba y tenía pequeños muñones en lugar de alas y un extraño penacho de plumas en la cola. Su gran pico curvo servía para pelar semillas. Existió durante miles de años sin competencia. Eso explica por qué los dodos eran tan mansos y los marinos podían capturarlos tan fácilmente. Desafortunadamente, los barcos también traían ratas y perros, que escaparon en la isla y se comían los huevos del dodo. El último dodo vivo lo vio un inglés en 1861. Tomó menos de 100 años exterminar a todos los ejemplares de esa notable ave.

Dimetrodon

DIMETRODON

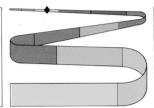

> Di-me-tro-don
? Dos dientes largos
n E. D. Cope (1878)
| Texas. Oklahoma (EU)
♦ Pérmico

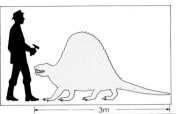

3m

Los reptiles con aleta en el lomo del Pérmico Temprano, entre hace 280 y 260 millones de años, son unos bien conocidos reptiles parecidos a los mamíferos. El *Dimetrodon* tenía una gran cabeza, con mandíbulas amplias, curvas y casi ``sonrientes``, en las que se alineaban afilados dientes.

Probablemente se alimentaba de otros reptiles con aleta en el lomo más pequeños, como el *Eryops*, que vivió en la misma época. El *Dimetrodon* tenía patas primitivas que se abrían a los lados, pero eran más esbeltas que en otros animales de su tiempo, por lo que quizá era más ágil que sus presas.

Su característica más notable era la gran aleta en el lomo.

DIMORPHODON

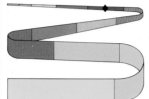
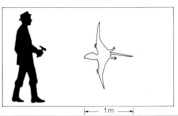

> Di-mor-fo-don
? Diente de dos formas
n R. Owen (1859)
| Inglaterra
◆ Jurásico

Durante mucho tiempo, el *Dimorphodon* fue el pterosaurio, o reptil volador, más antiguo que se conocía. Se han encontrado varios esqueletos parciales en los últimos 150 años en rocas depositadas bajo el mar en la costa sur de Inglaterra. Junto a ellos se hallaron ictiosaurios, plesiosaurios y caracoles marinos, por lo que se supone que el *Dimorphodon* volaba sobre el mar poco profundo para atrapar peces cuando se ahogó y cayó al fondo. Ahora se conocen pterosaurios más antiguos del Triásico Tardío, de unos 15 millones de años antes.

No obstante, el *Dimorphodon* es un animal importante. Su esqueleto se conoce bastante bien, y es poco común. La cabeza era grande, mayor que el cuerpo, y la finalidad de las pesadas mandíbulas no se conoce bien. El cuello es largo, la caja torácica muy pequeña y, como en todos los pterosaurios, la cola larga. En el animal vivo la cola era rígida debido a barras óseas que se extendían a cada lado. Recientemente se ha propuesto que el *Dimorphodon* se movía en tierra como un pequeño dinosaurio, y que la cola rígida era una especie de vara de equilibrio. El ala se sostenía de un largo dedo y estaba hecha de piel, como en los murciélagos modernos. Es muy probable que el *Dimorphodon* viviera como una gaviota, alimentándose de peces en las aguas marinas poco profundas.

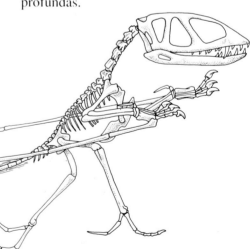

Esqueleto de *Dimorphodon*. El cráneo mide 20 cm de longitud.

DINILYSIA

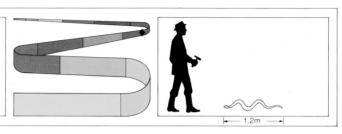

> Di-ni-li-sia
? Destructor terrible
n A.S. Woodward (1901)
| África del Sur
♦ Cretácico

Las serpientes surgieron de antepasados lagartijas hace 130 millones de años. El ejemplar de serpiente más antiguo que se conoce es la *Dinilysia*. No era venenosa y mataba a sus presas por estrangulación, como las boas y pitones de nuestros días. Tragaba las presas completas, algunas de buen tamaño, debido a que los huesos de la mandíbula no estaban fijos.

Cráneo de *Dinilysia* (9 cm de largo)

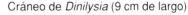

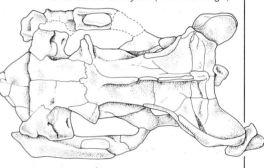

DINOCERAS

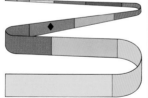

> Di-no-ce-ras
? Cuerno terrible
n O.C. Marsh (1871)
| Utah (EU); Mongolia
♦ Eoceno

1.6m

Los uintateres fueron grandes herbívoros que vivieron durante los primeros 30 millones de años de la era de los mamíferos en América del Norte y Asia Central. El *Dinoceras*, un uintatere característico, era grande como un rinoceronte, pero no se emparenta con las formas modernas. La cabeza estaba adornada por tres pares de protuberancias óseas, dos sobre las fosas nasales, dos sobre los ojos y dos en la parte posterior. Además, los machos poseían un par de colmillos largos como cuchillos. Tales protuberancias y colmillos tal vez se usaron en las luchas entre los machos por las hembras o para defenderse, aunque había pocos carnívoros en esa época que pudieran enfrentarse al *Dinoceras*.

DIPLOCAULUS

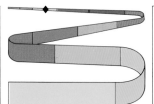

> Di-plo-cau-lus
? Rabo con dos pliegues
n E.D. Cope (1877)
| Texas (EU)
♦ Pérmico

—0.8m—

Diplocaulus

Algunos anfibios antiguos se convirtieron en formas especializadas parecidas a las salamandras, aunque no tienen parentesco con la formas modernas. Una de esas líneas parecidas a las salamandras del Carbonífero dio como resultado en el Pérmico Temprano, hace 270 millones de años, al peculiar *Diplocaulus*. El cuerpo es muy semejante al de una salamandra, pero la cabeza tiene un par de ''cuernos'' óseos que salen a los lados y que le dan el aspecto de un bumerang.

Este animal de tamaño moderado fue muy común y se han encontrado docenas de esqueletos, desde recién nacidos hasta adultos desarrollados con sus cráneos de 20 centímetros de ancho. Así se ha observado que los ''cuernos'' no son tales, sino simples excrecencias de los huesos que conforman normalmente la región de las mejillas del cráneo. Conforme el animal crecía, dos o tres huesos en la parte trasera del cráneo crecían y crecían hasta que se obtenía la forma triangular. ¿Cuál era su utilidad? Una propuesta dice que servía para mantener la cabeza en alto durante el nado bajo el agua. Otra, que los ''cuernos'' ayudaban al *Diplocaulus* a abrir la boca rápidamente y nadar velozmente hacia arriba desde el fondo de los estanques para sorprender peces. Puede ser que los ''cuernos'' simplemente fueran una defensa que evitaba que animales más grandes los tragaran.

DIPLODOCUS

> Di-plo-do-cus
? Doble viga
n Dr. O.C. Marsh (1878)
| América del Norte
♦ Jurásico

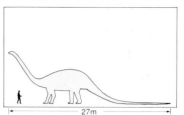

27m

Diplodocus

El *Diplodocus* tenía 27 metros de largo, pero sólo pesaba 10 u 11 toneladas, mucho menos que sus parientes. Buena parte de su longitud se concentraba en el largo y delgado cuello y la cola semejante a un látigo. El nombre ''doble viga'' se refiere a una característica especial de la columna vertebral. Tenía pequeños huesos detrás de la columna vertebral, los cuales tenían una pieza que iba hacia adelante, al igual que una que iba hacia atrás: una ''doble viga''. Poseía pequeñas garras en los dedos internos de las patas, probablemente para defenderse de los carnívoros. Numerosos esqueletos de *Diplodocus* se colectaron en el oeste de Estados Unidos alrededor de 1900. El millonario Andrew Carnegie pagó gran parte de las expediciones, y el mejor esqueleto se bautizó *Diplodocus carnegiei*.

DIPROTODON

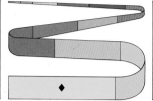
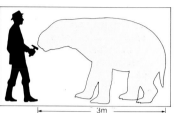

> Di-pro-to-don
? Dos primeros dientes
n R. Owen (1870)
| Australia
♦ Pleistoceno

3m

Uno de los más notables mamíferos marsupiales de Australia fue el oso gigante *Diprotodon*. Los diprotodontes surgieron hace cerca de 12 millones de años y vivieron hasta hace unos cuantos miles de años. El *Diprotodon* fue un monstruoso herbívoro del tamaño de un rinoceronte que cruzaba el centro y el sur de Australia en grandes manadas. El *Diprotodon* tenía una gran cabeza con largos incisivos para arrancar hojas de los arbustos bajos y anchos molares para machacarlas. Las piernas eran enormes, para soportar el gran peso del animal, y los pies eran anchos y con garras. El *Diprotodon* es el equivalente en muchos sentidos del rinoceronte en otras partes del mundo, probablemente se movía lentamente y debe haber sido cazado hasta la extinción por los primeros aborígenes australianos.

Diprotodon

DRAVIDOSAURUS

> Dra-vi-do-sau-rus
? Reptil del sur de India
n P. Yadagiri y
K. Ayyasami (1979)
| India
♦ Cretácico

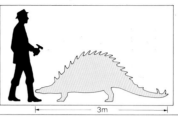

El *Dravidosaurus* es el último estegosaurio conocido. Muchos estegosaurios, como el *Stegosaurus*, provienen del período Cretácico, y hay un lapso de millones de años entre ellos y el *Dravidosaurus*. El *Dravidosaurus* tenía una armadura de placas en el lomo, así como extrañas espinas que sobresalían un poco. Se le bautizó en 1979 a partir de un cráneo incompleto, pero se han hallado otros ejemplares desde entonces. Es extraño que el *Dravidosaurus* no sólo sea el último estegosaurio, sino que también, hasta donde sabemos, el único que vivió en India.

DROMAEOSAURUS

> Dro-ma-eo-sau-rus
? Reptil corredor
n Drs. W.D. Matthew y B. Brown (1922)
| Canadá
♦ Cretácico

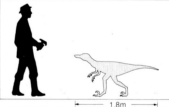

El *Dromaeosaurus* fue un pequeño y activo dinosaurio. Como el *Deinonychus*, tenía una garra afilada en su pata para atacar a otros dinosaurios. El *Dromaeosaurus* era más pequeño que el *Deinonychus*: si se erguía hubiera sido del tamaño de un niño de diez años. En 1914, cuando se encontró el primer ejemplar al lado del río Red Deer, Canadá, no se sabía con exactitud de qué clase de dinosaurio se trataba. Algunos

Cráneo de *Dromaeosaurus* (18 cm de longitud).

pensaron que era un pequeño carnosaurio (¡pariente del *Tyrannosaurus!*), mientras que otros creían que era pariente del *Compsognathus*.

DRYOSAURUS

> Drio-sau-rus
? Reptil encino
n Dr. O.C.. Marsh (1894)
| África; América del Norte
♦ Jurásico

3-4m

El *Dryosaurus* fue pariente del *Hypsilophodon*, pero era mucho mayor: medía entre 3 y 4 metros. Tenía largas y poderosas piernas, así como fuertes brazos con cinco dedos, aunque sólo tenía tres en las patas, mientras que el *Hypsilophodon* tenía cuatro. El *Dryosaurus* probablemente podía correr rápidamente sobre sus patas traseras y su cola rígida pudo servirle para equilibrarse. Quizás usaba las manos para tomar las plantas que comía.

Tenía molares afilados y estriados. Hay evidencia de que poseía mejillas carnosas, donde guardaba la comida mientras la masticaba.

El *Dryosaurus* tenía grandes ojos, con un hueso especial en la parte superior para sostener el globo ocular y la piel que lo rodeaba. Se le conoce a través de varios esqueletos y cráneos de África y América del Norte, lo que prueba que esas dos partes del mundo estaban conectadas hace 140 millones de años. El *Dryosaurus* vivió con saurópodos tan conocidos como el *Apatosaurus*, el *Brachiosaurus* y el *Diplodocus*, el estegosaurio *Stegosaurus* y los carnívoros *Alosaurus*, *Coelurus* y *Elaphrosaurus.*

Dryosaurus

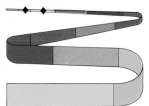

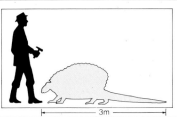

EDAPHOSAURUS

> E-da-fo-sau-rus
? Reptil de la tierra
n E.D. Cope (1883)
| Oklahoma, Texas (EU); Alemania
♦ Carbonífero Pérmico

3m

El *Edaphosaurus* fue un reptil herbívoro con aleta en el lomo, diferente al *Dimetrodon*·pero semejante a otros parientes, algunos de los cuales no tenían aleta. El *Edaphosaurus* tenía una diminuta cabeza con dientes en forma de clavija, un cuerpo pesado, piernas pequeñas, una larga cola y una aleta en el lomo. En el animal vivo, la aleta estaba cubierta de piel, lo que acarreaba un rico suministro de sangre que servía para controlar la temperatura del cuerpo del reptil. En la mañana temprano, cuando el aire estaba frío, podía colocarse frente al sol y los débiles rayos matutinos calentaban la sangre en la aleta, la cual luego circulaba por el cuerpo. A mediodía, cuando había demasiado calor, el *Edaphosaurus* podía buscar cobijo y emplear la aleta como un radiador para eliminar calor y enfriar el cuerpo.

Edaphosaurus

EDMONTOSAURUS

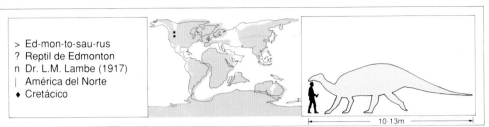

> Ed-mon-to-sau-rus
? Reptil de Edmonton
n Dr. L.M. Lambe (1917)
| América del Norte
♦ Cretácico

10-13m

El *Edmontosaurus* fue un dinosaurio pico de pato de cabeza allanada, similar al *Anatosaurus* y al *Shantungosaurus*. El *Edmontosaurus* se conoce bien porque se han encontrado varios esqueletos. Con cerca de 13 metros, fue el mayor de los pico de pato. Podía caminar sobre las cuatro patas o sólo sobre las dos traseras.

Tenía pequeñas pezuñas en los dedos de los pies y en dos de la mano. El cráneo es aplanado en el frente y alto en la parte trasera, con un gran ''pico de pato'' (como en el *Anatosaurus*). El *Edmontosaurus* no tenía cresta, como muchos otros pico de pato. Sin embargo, pudo tener un área de piel floja en la parte superior del hocico que se inflaba como un globo para emitir un fuerte mugido.

El *Edmontosaurus* contaba con cerca de 1.000 fuertes dientes; probablemente se alimentaba de plantas que necesitaban ser desmenuzadas antes de tragarlas.

Edmontosaurus

ELAPHROSAURUS

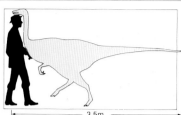

> E-la-fro-sau-rus˙
? Reptil ligero
n Dr. W. Janensch (1920)
| Tanzania
♦ Jurásico

3.5m

El *Elaphrosaurus* tal vez sea el ornitomimosaurio más antiguo que se conoce: todos los demás, como el *Ornithomimus* y el *Struthiomimus*, vivieron en el Cretácico, 70 millones de años después. No es seguro que el *Elaphrosaurus* realmente fuera un ornitomimosaurio debido a la gran diferencia de tiempo, pero posee muchas de sus características.

El *Elaphrosaurus* medía 3.5 metros de largo y no se parecía tanto a las avestruces como sus parientes posteriores. Tenía largas y esbeltas patas y, desde luego, era un veloz corredor. Sus brazos eran cortos.
Tanto patas

Elaphrosaurus

como manos tenían sólo tres dedos. El *Elaphrosaurus* se conoce sobre todo gracias a la famosa veta de dinosaurios de Tendaguru, en Tanzania, donde se encontró un esqueleto sin cabeza a principios de siglo. Si alguna vez se encuentra un cráneo de *Elaphrosaurus*, será posible comprobar si carecía de dientes como los ornitomimosaurios. De la veta de Tendaguru también se extrajeron dinosaurios como el *Barosaurus* y el *Brachiosaurus*.

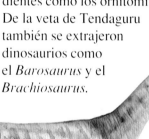

99

ELASMOSAURUS

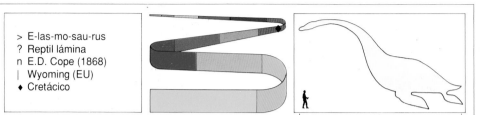

> E-las-mo-sau-rus
? Reptil lámina
n E.D. Cope (1868)
| Wyoming (EU)
♦ Cretácico

14m

La mayor parte de los plesiosaurios, como el *Cryptocleidus* y el *Plesiosaurus*, tenían cuellos muy largos, pero el *Elasmosaurus* y sus parientes imponen marcas, ya que sus cuellos eran más largos que el cuerpo y la cola juntos. Contaban con hasta 75 vértebras en el cuello, en lugar de las habituales siete u ocho de casi todos los animales terrestres.

Elasmosaurus

El *Elasmosaurus* tenía una cabeza diminuta y quizás ondulaba el cuello bajo el agua, casi como una serpiente, para atrapar peces. Debe haber sido una manera eficiente de hacerlo, pues de esa forma el *Elasmosaurus* podía pescar con sólo mover la cabeza y el cuello, sin necesidad de mover todo el cuerpo, lo cual debía ser una operación mucho más lenta. Las aletas eran muy largas; tal vez las usó para nadar haciendo movimientos como si ''volara'' bajo el agua, tal como hacen los pingüinos y las tortugas marinas actuales.

EOGYRINUS

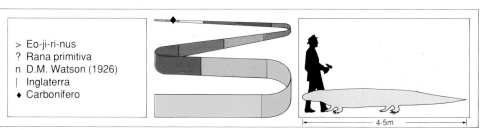

> Eo-ji-ri-nus
? Rana primitiva
n D.M. Watson (1926)
| Inglaterra
♦ Carbonífero

4-5m

Algunos de los primeros anfibios del Carbonífero adquirieron hábitos acuáticos. El *Eogyrinus*, por ejemplo, parece haber tenido piernas tan cortas que sólo hubiera podido moverse muy lentamente en tierra. Tal vez no hubiese podido levantar el vientre del suelo. Sin embargo, su cola era ancha y allanada, una estructura ideal para nadar con poderosos movimientos laterales. En el agua, las patas sólo servirían para controlar la dirección. El largo cuerpo del *Eogyrinus* es poco habitual; presenta casi el doble de vértebras que los anfibios o reptiles comunes.

En la década de 1870 se encontró el primer ejemplar de *Eogyrinus* en un yacimiento de carbón del norte de Inglaterra, y desde entonces se han descubierto varios más. Se conoce lo suficiente del cráneo como para saber cómo funcionaba. Es más aplanado que el de algunas otras líneas de anfibios como el *Crassigyrinus* o el *Eryops*, lo cual le permitía músculos de las mandíbulas más largos. Por lo tanto, el *Eogyrinus* debió tener una mordida más fuerte, como la de un cocodrilo, que algunos de sus contemporáneos. Debió alimentarse de los peces de los estanques en los pantanos de carbón o de otros anfibios que capturaba cerca de la orilla del agua.

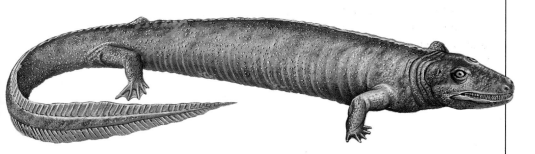

Eogyrinus

EOMANIS

> Eo-ma-nis
? Fantasma primitivo
n G. Storch (1978)
| Alemania
♦ Eoceno

| 0.5m |

Eomanis

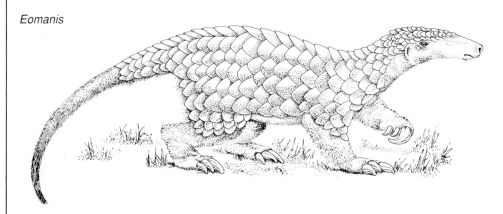

Los pangolines, que tienen escamas y se alimentan de hormigas, son los mamíferos modernos más peculiares y raros. Hay siete especies vivas en África y el sureste de Asia, pero hay pocos rastros fósiles. Un hallazgo notable se hizo en Alemania en 1978: el *Eomanis*, el más antiguo fósil de pangolín conocido. El hallazgo fue inesperado, pues los pangolines modernos habitan muy lejos de Alemania.

El *Eomanis* tenía un largo cráneo en forma de tubo y sin dientes, así como una débil mandíbula inferior que no servía de mucho. Como los pangolines modernos, el *Eomanis* pudo poseer una larga y musculosa lengua que servía para atrapar docenas de hormigas a la vez. Se conoce la dieta exacta del *Eomanis* porque los restos de su última comida se conservaron en la región del estómago en el esqueleto fósil. Había tanto restos de insectos como fragmentos de plantas. *Eomanis* muestra las otras características de los pangolines. Las patas son cortas y están equipadas con largas garras que sirven para cavar en los hormigueros y termiteros. Además, el cuerpo estaba cubierto de anchas escamas sobrepuestas de un material parecido al de nuestras uñas. Sin duda, el *Eomanis* podía enroscarse y formar una bola blindada cuando era amenazado, tal como hacen sus parientes modernos.

EPIGAULUS

> E-pi-gau-lus
? Sobre cubo
n C.W. Hubbard y
  L.F. Phillis (1945)
| Texas (EU)
♦ Mioceno

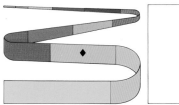

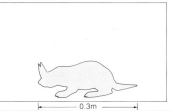

0.3m

Los roedores, un gran grupo de mamíferos, han sido muy exitosos e incluyen formas de vida tan comunes como ratones, ratas, ardillas, castores y puerco espines. En el pasado, hubo algunos roedores extraños, entre los que el *Epigaulus* debe ser el más peculiar. Probablemente se parecía mucho a un castor, pero tenía un par de cuernos en la nariz. El *Epigaulus* vivía en las áreas boscosas de la región de la Gran Depresión, en el medio oeste de Estados Unidos, donde cavaba madrigueras con las largas garras de las patas. ¿Para qué necesita cuernos un roedor que cava madrigueras? Quizá para peleas entre machos, dado que algunos esqueletos parecen tener cuernos y otros no (tal vez de hembras). El *Epigaulus* tenía molares de raíces profundas que se empleaban para romper plantas duras. Este grupo se extinguió cuando los bosques del área fueron reemplazados por pastizales abiertos.

Epigaulus

103

ERYOPS

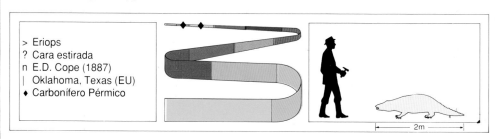

> Eriops
? Cara estirada
n E.D. Cope (1887)
| Oklahoma, Texas (EU)
♦ Carbonífero Pérmico

2m

Algunos de los anfibios del Pérmico se adaptaron a vivir en tierra, mientras que otras formas, como el *Eogyrinus*, eran acuáticas. Uno de los anfibios terrestres más conocidos es el *Eryops*, que vivió al lado de los reptiles con aleta en el lomo, como el *Dimetrodon* y el *Edaphosaurus*. Debe haberse alimentado de anfibios y reptiles más pequeños o de peces. El *Eryops* tenía piernas más largas que otros de sus parientes más acuáticos, pero aun así era torpe y probablemente no podía correr muy rápidamente. El *Eryops* además presentaba otra característica primitiva: tenía una gran cabeza aplanada, con poco espacio para músculos de las mandíbulas avanzados o, incluso, para ¡el cerebro!

El *Eryops* y sus parientes del Pérmico Temprano de América del Norte parecen haberse extinguido por vivir al lado de reptiles primitivos mucho más ágiles. Ahora se piensa que los grupos de anfibios modernos (ranas, tritones y salamandras) surgieron de formas como la del *Eryops*. Parece haber una gran distancia entre el *Eryops* y las ranas y salamandras modernas, pero la rana más antigua que se conoce, la *Triadobatrachus*, que vivió cerca de 20 millones de años después, muestra cómo uno pudo evolucionar en el otro. Las formas modernas aún tienen cráneos angostos y redondeados, grandes ojos, pequeños dientes puntiagudos y piernas que se extienden a los lados.

Eryops

ERYTHROSUCHUS

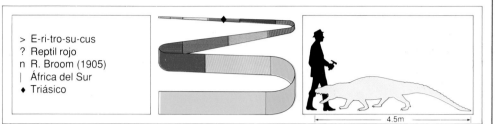

> E-ri-tro-su-cus
? Reptil rojo
n R. Broom (1905)
| África del Sur
♦ Triásico

4.5m

Los dinosaurios y los cocodrilos surgieron de un importante grupo de reptiles del Triásico llamado tecodontios, y el *Erythrosuchus* fue una de las formas más primitivas. Fue el carnívoro más grande de su tiempo. El *Erythrosuchus* tuvo un cráneo grande con fuertes mandíbulas y se alimentaba de dicinodontes herbívoros, muy comunes entonces. Los eritrosíquidos vivieron casi en cualquier parte en el Triásico Temprano, pero pronto cedieron su lugar a parientes más avanzados como el *Ornithosuchus* y el *Ticinosuchus*.

ESTEMMENOSUCHUS

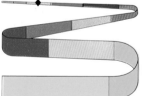

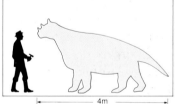

> Es-te-me-no-su-cus
? Reptil de vestimenta fuerte
n P.K. Chudinov (1913)
| Rusia
♦ Pérmico

4m

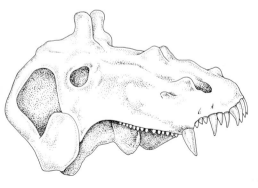

Cráneo de *Estemmenosuchus* (80 cm de largo)

Los reptiles parecidos a los mamíferos del Pérmico Tardío eran variados e incluían al *Estemmenosuchus*. Esta forma rusa gigante tenía largos y afilados dientes al frente, pero pequeños molares atrás, lo que indica que se alimentaba de plantas. El cráneo es de hueso pesado y muestra una serie de protuberancias por pares en el hocico y la frente. Tal vez el macho de *Estemmenosuchus* las empleaba para luchar por las hembras.

EUPARKERIA

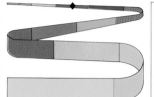

> Eu-par-que-ria
? Procedente de Eupark
n R. Broom (1913)
| África del Sur
♦ Triásico

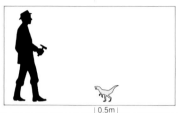

| 0.5m |

Euparkeria

Los tecodontios, que incluyen a los antepasados de los cocodrilos y los dinosaurios, tuvieron durante el Triásico formas extrañas como el *Erythrosuchus* y el *Stagonolepis. Euparkeria*, un pequeño animal de África del Sur, parece cercano a los orígenes tanto de los cocodrilos como de los dinosaurios. Tiene un esqueleto ligero y pudo ser capaz de caminar en cuatro patas y de correr rápidamente sobre las traseras. Se alimentaba con carne, como muestran los dientes en forma de daga, pero probablemente sólo podía atrapar herbívoros menores que él, como los pequeños reptiles parecidos a los mamíferos.

El *Euparkeria* es importante porque parece mostrar características ancestrales de la línea de los dinosaurios que también se hallan en el tardío *Ornithosuchus*. Esto no es del todo seguro, y el *Euparkeria* puede encontrarse en la base de los cocodrilos y los dinosaurios antes de que los dos grupos evolucionaran por caminos separados. Los científicos aún no se ponen de acuerdo, pues los cambios evolutivos en donde mejor se observan es en la estructura de los tobillos, y los del *Euparkeria* están muy mal conservados.

FABROSAURUS

> Fa-bro-sau-rus
? Reptil de Fabre
n Dr. L. Ginsberg (1964)
| África
♦ Jurásico

|← 1m →|

El *Fabrosaurus* fue un ornitópodo primitivo, emparentado con el *Scutellosaurus*. Sólo tenía un metro de largo y no hubiera podido mirar por encima de una mesa, ni siquiera si se erguía tanto como podía. El *Fabrosaurus* era muy ligero y corría sobre sus patas traseras. Tenía fuertes brazos y manos. Los dientes eran fuertes y tenían bordes ondulados o con protuberancias. Eso muestra que el *Fabrosaurus* podía usar sus dientes para desmenuzar vegetales duros.

El ejemplar original de *Fabrosaurus*, que se encontró en 1964, consistía en una pieza rota de la mandíbula con unos pocos dientes en su lugar. Más tarde se encontró un esqueleto más completo que podría ser de *Fabrosaurus*, pero se le ha bautizado con un nuevo nombre: *Lesothosaurus*.

Fabrosaurus

GALLIMIMUS

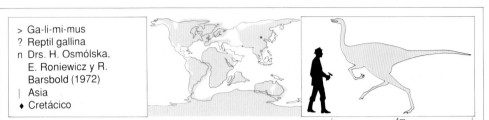

> Ga-li-mi-mus
? Reptil gallina
n Drs. H. Osmólska,
  E. Roniewicz y R.
  Barsbold (1972)
| Asia
♦ Cretácico

Probablemente el *Gallimimus* fue el más grande de los ornitomimosaurios, y se le conoce gracias a tres esqueletos casi completos. Tenía cerca de 4 metros de largo, un poco más que sus parientes cercanos el *Ornithomimus* y el *Struthiomimus*. El *Gallimimus* tenía manos que no podían sujetar cosas, así que probablemente no podía desgarrar carne. Se ha sugerido que podía escarbar y alimentarse de huevos. El *Gallimimus* tenía el hocico largo con un extremo ancho y plano, grandes ojos y largas mandíbulas sin dientes.

Gallimimus

GEOSAURUS

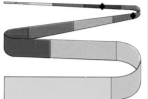

> Geo-sau-rus
? Reptil roca
n F. Cuvier (1842)
| África del Sur; Alemania
♦ Jurásico Cretácico

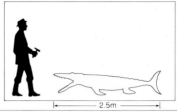

2.5m

Los cocodrilos modernos viven tanto en tierra como en el agua. Algunas formas fósiles, como el *Geosaurus*, estaban muy modificadas como para vivir en el agua todo el tiempo. Las manos y las patas eran anchas y con forma de remo, mientras que la cola se curvaba hacia abajo cerca del final y llevaba una aleta carnosa en el animal vivo, como la del *Ichthyosaurus*, con el que no tenía parentesco. El cuello era corto y la cabeza relativamente grande, como en otros carnívoros nadadores como el *Pliosaurus*. Los afilados dientes muestran que el *Geosaurus* se alimentaba de peces. Además, no tenía armadura de placas óseas sobre el cuerpo, como en los cocodrilos comunes, y eso debe haberlo hecho más hidrodinámico. Los esqueletos de *Geosaurus* se han encontrado en sedimentos de los mares de Europa central.

Geosaurus

GERROTHORAX

> Je-rro-tó-rax
? Pecho ocioso
n T. Nilsson (1934)
| Spitzbergen; Groenlandia
♦ Triásico

1 m

Esqueleto y (abajo) cráneo de *Gerrothorax*.

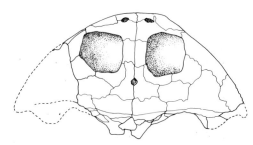

Los anfibios primitivos que dominaron la Tierra durante el Carbonífero vivieron muchos millones de años después de que los anfibios modernos (ranas y salamandras) ya habían surgido. Un grupo que permaneció fue el de los plagiosaurios, como el *Gerrothorax*, que se conoce sobre todo del Triásico, 50 millones de años o más después del Carbonífero. Los últimos plagiosaurios deben haber desaparecido a finalmente en el Cretácico, otros 120 millones de años más tarde. La única evidencia es un cráneo parcial de Australia que sólo hasta hace poco se reconoció como de un plagiosaurio.

El *Gerrothorax* fue un animal voluminoso con un cráneo extremadamente corto y ancho, cubierto de ásperas molduras de hueso. Algunos parientes al parecer tenían branquias aun en la edad adulta. Pudieron ser como los ``renacuajos adultos'' que hoy se ven en muchos grupos de salamandras. Esto explicaría en parte la extraña forma del *Gerrothorax*, se cree que fue un renacuajo gigante que nunca adoptaba una forma diferente en la edad adulta. Por lo tanto, el *Gerrothorax* y sus parientes deben haber vivido todo el tiempo en el agua, alimentándose de peces. De esa manera, hallaron un modo de vida que no podían adoptar ni los reptiles parecidos a los mamíferos ni los dinosaurios, por lo tanto fueron capaces de sobrevivir mucho después que los otros anfibios primitivos se habían extinguido.

GLYPTODON

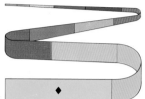

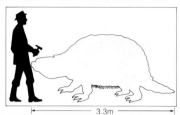

> Glip-to-don
? Diente tallado
n R. Owen (1839)
| Argentina; Brasil
♦ Pleistoceno

3.3m

Los armadillos modernos de América son animales del tamaño de un conejo; están cubiertos por una armadura de bandas flexibles y se alimentan de hormigas y termitas. Parece que este grupo ha vivido en América del Sur desde hace más o menos 60 millones de años, y muestra pocos cambios. Los gliptodontes, una interesante rama lateral, surgieron hace unos 45 millones de años. El *Glyptodon*, uno de los últimos miembros, era tan grande como un rinoceronte, cubierto con un vasto caparazón que lo protegía de los ''gatos'' dientes de sable de América del Sur, como el *Smilodon*. El caparazón estaba formado por placas óseas circulares e irregulares que embonaban como un mosaico. También tenía un casco óseo sobre la cabeza y la cola estaba cubierta por anillos óseos con espinas que se sobreponían. Al parecer el *Glyptodon* no se alimentaba de hormigas, como sus parientes modernos, sino de pastos y otras plantas duras. Esta notable forma se extinguió hace unos cuantos miles de años, al mismo tiempo que el *Megatherium*.

Glyptodon

HADROSAURUS

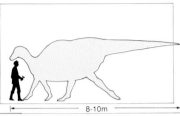

> Ha-dro-sau-rus
? Reptil voluminoso
n Prof. J. Leidy (1858)
| Nueva Jersey (EU)
♦ Cretácico

8-10m

El *Hadrosaurus* fue el primer esqueleto de dinosaurio que se bautizó en América del Norte. Se colectó un esqueleto sin cráneo en Nueva Jersey y se le llamó *Hadrosaurus* en 1858. Se habían preservado tanto las extremidades anteriores como las posteriores, y era, en su momento, el esqueleto de dinosaurio más completo que se hubiera encontrado en cualquier parte del mundo. Este hallazgo permitió a Joseph Leidy, el primer estadounidense experto en dinosaurios, realizar una restauración del animal como se vería en vida. Hasta 1858, se creía que todos los dinosaurios caminaban en cuatro patas, pero Leidy pudo apreciar que el *Hadrosaurus* andaba sobre sus patas traseras. Él pensó que brincaba como un canguro, lo que no era correcto, pero fue la mejor reconstrucción de un dinosaurio en su época.

Cuando se descubrió un cráneo, éste era largo y angosto, con el característico ''pico de pato'', como en el *Anatosaurus* y el *Edmontosaurus*. Había una protuberancia redondeada sobre los ojos y en las fosas nasales.

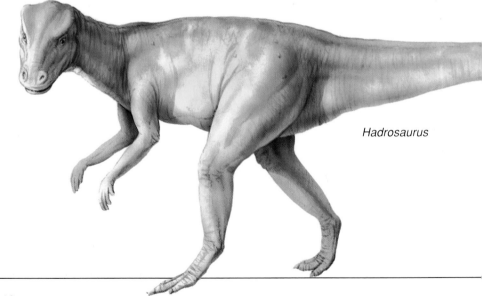

Hadrosaurus

HALTICOSAURUS

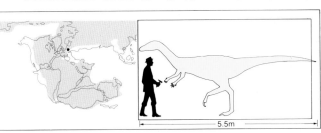

> Hal-ti-co-sau-rus
? Reptil saltador
n Prof. F. von Huene
(1908)
| Alemania
♦ Triásico

5.5m

El *Halticosaurus* fue un gran coelurosaurio que alcanzaba 5.5 metros de largo. Tenía cinco dedos en cada mano, una característica de los dinosaurios primitivos. Los brazos eran cortos y las patas fuertes. La cabeza era larga y grande. En el dibujo del cráneo pueden verse los dientes puntiagudos de carnívoro y la construcción ligera, con muchos agujeros. A partir del frente, los agujeros son las fosas nasales, una abertura de función desconocida, la cuenca ocular y aberturas para los músculos de las mandíbulas. En Alemania se han encontrado dos esqueletos y un cráneo de *Halticosaurus* junto con el *Plateosaurus*, un saurópodo más grande.

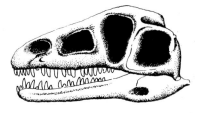

Cráneo de *Halticosaurus* (45 cm de largo).

HESPERORNIS

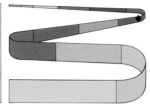

> Hes-pe-ror-nis
? Ave del oeste
n O.C. Marsh (1880)
| Kansas (EU)
♦ Cretácico

1.7m

El registro fósil de aves primitivas presenta vacíos. En particular hay un gran hueco durante el Cretácico, después de la extinción del *Archaeopterix*, que abarca 60 millones de años y del que sólo se conocen algunos huesos aislados y esqueletos incompletos. Se conocen algunos excelentes esqueletos de aves del Cretácico Tardío a partir de piedras calizas de los mares secos de la región del medio oeste de Estados Unidos. Esos restos de aves incluyen al *Hesperornis* y al *Ichthyornis*. El *Hesperornis* era una ave buceadora que tal vez se veía como un gran somorgujo o un cormorán. Tenía patas grandes que pudieron ser palmípedas y usarse para nadar, mientras que las alas se reducían a pequeñas cañas de hueso que quizá se usaban para controlar la dirección bajo el agua, pero que ciertamente no servían para volar.

En muchos sentidos el *Hesperornis* es una fase intermedia entre el *Archaeopteryx* y las aves modernas. Aún tenía dientes en el pico, por ejemplo, y una cola ósea bastante larga.

Hesperornis

HYLAEOSAURUS

> Hi-lae-o-sau-rus
? Reptil de los bosques
n Dr. G.A. Mantell (1833)
| Inglaterra
♦ Cretácico

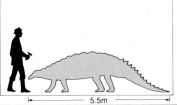

5.5m

El *Hylaeosaurus* es el más antiguo anquilosaurio que se conoce bien. Se han reportado anquilosaurios más antiguos en Inglaterra, del Jurásico Medio y Tardío, pero sólo se conocen unas cuantas placas de armadura y espinas. Del *Hylaeosaurus* se conocen esqueletos parciales, aunque su armadura es lo que con más frecuencia se encuentra.

El *Hylaeosaurus* medía cerca de 6 metros de largo. Tenía una armadura de espinas que apuntaban hacia arriba y a los lados, desde el lomo hasta la cola. La parte alta de la cabeza era gruesa y dura. Fue el tercer dinosaurio en recibir nombre, después del *Megalosaurus* y el *Iguanodon*. Un esqueleto de Sussex, al sureste de Inglaterra, fue bautizado en 1833 como *Hylaeosaurus* por

el Dr. Gideon Mantell, quien también bautizó al primer *Iguanodon*. El nombre ''reptil de los bosques'' se refiere al hecho de que el fósil proviene del bosque Tilgate, en Sussex.

Desafortunadamente sólo se encontró la mitad delantera del esqueleto, y aún se encuentra incorporado a una roca caliza en el Museo Británico. Eso significa que las patas y la armadura del cuerpo han sido imaginadas en los dibujos de reconstrucción. La información al respecto proviene del *Polacanthus*, un pariente cercano también del Cretácico Temprano del sur de Inglaterra. De hecho, algunos científicos han sugerido que ambos pueden ser el mismo tipo de animal.

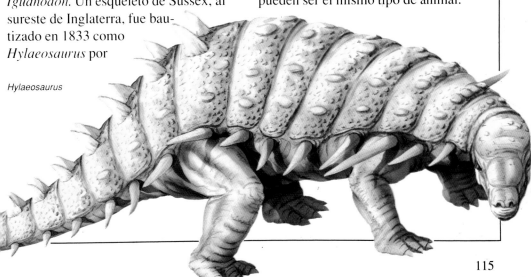

Hylaeosaurus

EVOLUCIÓN DE LOS HUMANOS

Los humanos pertenecen al orden Primates, un grupo de mamíferos que también incluye a los monos. *Purgatorius*, probablemente el primate más antiguo que se conoce, parece más una ardilla o una rata que un mono. Los dientes muestran que era un primate, y tal vez tuviera manos fuertes prensiles y cerebro grande. Otros primates antiguos, como el *Purgatorius* y sus parientes, eran aproximadamente del tamaño de un gato y parecidos a los lemures modernos. Tenían colas largas, buena vista y corrían entre los árboles con gran agilidad.

Los primeros monos verdaderos surgieron hace cerca de 40 millones de años y se dividieron en dos grupos: los monos del Nuevo Mundo en América del Sur y los monos del Viejo Mundo en África, Asia y Europa. Los dos grupos Nuevo Mundo tienen nariz ancha con fosas nasales al frente y colas prensiles que sujetan las ramas como una quinta pata. Los monos del Viejo Mundo tienen nariz estrecha y las colas no son prensiles.

Los monos sin cola surgieron en el Viejo Mundo hace cerca de 30 millones de años, y fueron importantes en África y otras partes del mundo con formas de vida terrestre como el *Proconsul* y el *Ramapithecus*. Los monos sin cola modernos incluyen a los gibones, los orangutanes, los gorilas y los chimpancés, al igual que los humanos.

Los humanos más antiguos surgieron hace cerca de 5 millones de años, y los primeros fósiles incluyen las famosas huellas en la ceniza de hace 3.75 millones de años (*ver pág. 14*), así como esqueletos de *Australopithecus* en

Rama-pithecus Hace 15 millones de años. África, Asia	**Austra-lopithecus** Hace 1 a 4 millones de años. África	**Homo habilis** Hace 1.5 a 2 millones de años. África	**Homo erectus** Hace 0.1 a 1.5 millones de años. África, Asia, Europa	**Hombre de Neanderthal** Hace 35,000 a 100,000 años. Europa	**Hombre moderno** Desde hace 100,000 años. Todo el mundo.

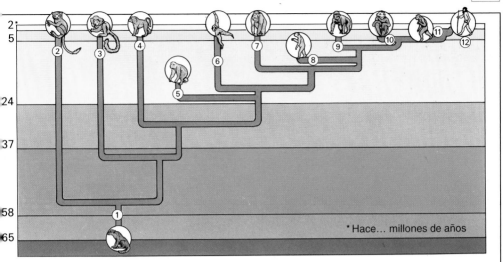

2*
5
24
37
58
65

* Hace... millones de años

rocas que datan de hace 1 a 3.5 millones de años. El *Australopithecus* se reconoce como el primer humano porque podía levantarse y caminar erguido, tal y como hacemos nosotros.

Los humanos modernos pertenecen a la especie *Homo sapiens*, que significa "persona inteligente". Algunas especies humanas primitivas eran muy parecidas a nosotros e incluyen al *Homo habilis* y al *Homo erectus*. En contraste con el *Australopithecus*, los dos últimos tenían cerebros grandes, como nosotros, podían fabricar herramientas y conocían el fuego. El *Homo sapiens* surgió hace unos 100,000 años. Una subespecie humana, el hombre de Neanderthal,

Clave de la evolución humana	
1 Purgatorius	7 Orangután
2 Tarsero	8 Ramapithecus
3 Tití	9 Gorila
4 Babuino	10 Chimpancé
5 Procónsul	11 Australopithecus
6 Gibón	12 Homo sapiens

vivió algún tiempo después en las eras glaciares de Europa, pero se extinguió hace 35,000 años. Todos los humanos modernos están estrechamente emparentados y se desarrollaron a partir de un antepasado de África de hace 100,000 años.

Hace 20,000 años, los humanos vivían en cuevas y usaban herramientas de piedra para matar animales.

HYLONOMUS

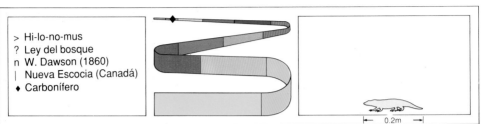

> Hi-lo-no-mus
? Ley del bosque
n W. Dawson (1860)
| Nueva Escocia (Canadá)
◆ Carbonífero

0.2m

Hylonomus

Hasta hace poco se consideraba al *Hylonomus* como el más antiguo de los reptiles. Los esqueletos de *Hylonomus* se hallaron fosilizados en troncos de árbol, como los del *Archaeothyris*. Los troncos huecos de los árboles actuaron como trampas para estos reptiles primitivos al caer dentro de ellos, pero también permitieron que sus pequeños esqueletos se conservaran muy bien hasta nuestros días. El *Hylonomus* debía verse como una lagartija de tamaño moderado, aunque era más fuerte y no se emparentaba de cerca con las lagartijas modernas. El pequeño y fuerte cráneo tenía filas de dientes afilados en torno a los bordes de las mandíbulas, lo que sugiere que se alimentaba de insectos grandes y centípedos del suelo del bosque de carbón. Tenía también una característica primitiva: dientes en el paladar, que probablemente trabajaban en conjunto con "dientes" córneos de la lengua para romper el alimento. Después de un descubrimiento hecho en Escocia en 1988, parece que el *Hylonomus* ya no es el reptil más antiguo. Se reportó el esqueleto de un reptil en rocas 40 millones de años más antiguas que el *Hylonomus*, pero no se encuentra muy bien preservado.

HYPSILOPHODON

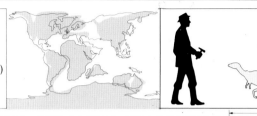

> Hip-si-lo-fo-don
? Diente con muchas aristas
n Prof. T.H. Huxley (1870)
l Inglaterra
◆ Cretácico

2 m

El **Hypsilophodon** fue un interesante ornitópodo de tamaño medio. Medía de 1.4 a 2.3 metros de largo. Tenía brazos cortos, con cinco dedos, y largas piernas con cuatro dedos. El **Hypsilophodon** podía correr rápido, y tenía una larga cola rígida para equilibrarse. Se pensó que el **Hypsilophodon** podía trepar a los árboles, pero es muy improbable, pues no podía sujetar las ramas. El **Hypislophodon** no tenía dientes en el frente de la boca, sólo un pico óseo, probablemente con una cubierta córnea, y una hilera de cortos molares en la parte trasera. Pudo arrancar plantas con el pico y triturarlas con los molares.

La forma general de la cabeza es muy parecida a la de las ovejas y las cabras, y al parecer el **Hypsilophodon** fue tan común como esos animales en los bosques del Cretácico Temprano del sur de Inglaterra. El reverendo William Fox, un notable coleccionista local, encontró en 1849 el primer esqueleto de **Hypsilophodon**, así como otros en 1868.

Los científicos pensaron al principio que se trataba de un joven **Iguanodon**, y sólo algunos años más tarde T.H. Huxley descubrió que se trataba de una nueva forma de dinosaurio.

Hypsilophodon

HYRACOTHERIUM

> Hi-ra-co-te-rium
? Bestia topo
n R. Owen (1841)
| Inglaterra; Wyoming
(EU); Asia
◆ Eoceno

| 0.5m |

Hyracotherium

La historia de la evolución de los caballos se conoce bien. El primer caballo fue el *Hyracotherium*, un animal del tamaño de un perro terrier que probablemente no se parecía mucho a un caballo. Tenía patas cortas con cuatro dedos y un cráneo parecido al del perro con dientes cortos. Probablemente llevaba una vida secreta en la maleza de los tupidos bosques subtropicales que cubrían América del Norte y Europa hace 50 millones de años, alimentándose con hojas y brotes.

Los primeros fósiles de *Hyracotherium* se hallaron hace 140 años en Inglaterra. Más tarde, algunos restos de caballos primitivos se encontraron en América del Norte y se les llamó *Eohippus*, "caballo del amanecer". Tiempo después quedó claro que el *Eohippus* era el mismo *Hyracotherium* europeo. Al mismo tiempo, se encontró una serie de fósiles de caballos que parecen ligar al pequeño *Hyracotherium* del bosque con los grandes caballos modernos de las praderas.

ICARONYCTERIS

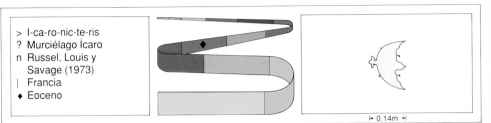

> I-ca-ro-nic-te-ris
? Murciélago Ícaro
n Russel, Louis y
  Savage (1973)
| Francia
♦ Eoceno

Los murciélagos son como musarañas o ratones voladores. Son mamíferos porque tienen pelo y alimentan a sus crías con leche, aunque vuelan como aves, cazan insectos de noche y duermen durante el día. Los murciélagos surgieron de mamíferos terrestres normales, pero su origen es un misterio. El murciélago más antiguo que se conoce, el *Icaronycteris*, aporta pocas pistas, ya que es un murciélago totalmente desarrollado, con un esqueleto ligero y grandes alas de piel estirada entre los largos huesos de sus dedos. Incluso muestra evidencia de haber poseído orejas capaces de oír los chillidos en alta frecuencia que usan los murciélagos modernos para orientarse en la oscuridad.

ICHTHYORNIS

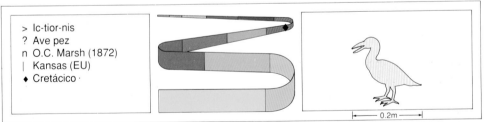

> Ic-tior-nis
? Ave pez
n O.C. Marsh (1872)
| Kansas (EU)
♦ Cretácico ·

Ichthyornis

Las piedras calizas marinas de América del Norte que contenían fósiles del *Hesperornis*, la gran ave buceadora que no volaba, también contenían el *Ichthyornis*, una forma más avanzada. Podía volar, y pudo haberse visto como una gaviota. Sin embargo, aún era una forma primitiva, pues tenía dientes en las mandíbulas.

ICHTHYOSTEGA

> Ic-tios-te-ga
? Espina de pez
n G. Säve-Söderbergh
  (1932)
| Groenlandia
♦ Devónico

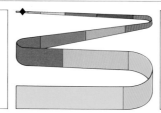

⊢ 1m ⊣

Ichthyostega

Hasta ahora, el *Ichthyostega* es el vertebrado terrestre más antiguo que se ha identificado, antepasado de todos los anfibios, reptiles, aves y mamíferos posteriores. Se le conoce a través de unos esqueletos encontrados a principios de siglo en Groenlandia. Aunque Groenlandia ahora tiene clima frío, en el Devónico Tardío era un lugar cálido, pues se encontraba muy cerca del Ecuador (*ver pág. 16*). El *Ichthyostega* tenía cuatro patas en lugar de aletas, por lo tanto caminaba en la tierra. Tampoco tenía agallas. Sin embargo, aún conserva características de pez que muestran su origen. La cola tiene una ancha aleta en un extremo y la cabeza es ancha e hidrodinámica, como en un animal nadador. Probablemente el *Ichthyostega* se movía lentamente en tierra, pero aún se alimentaba en el agua.

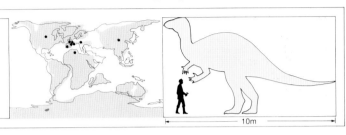

IGUANODON

> I-gua-no-don
? Diente de iguana
n Dr. G.A. Mantell (1825)
| África; Asia; Europa
♦ Cretácico

|←——— 10m ———→|

El *Iguanodon* fue el segundo dinosaurio en recibir nombre, en 1825. Alcanzaba los 10 metros de largo y podía erguirse hasta 5 metros, la altura de un autobús de dos pisos. Tenía fuertes patas traseras con tres grandes dedos con una especie de pezuña. La mano tenía cuatro dedos largos y un pulgar en forma de púa que tal vez usaba como arma. La cola era aplanada y rígida, y el *Iguanodon* podía correr bien sobre sus patas traseras o caminar sobre las cuatro extremidades. Esto se demuestra con la presencia de pequeñas pezuñas en los tres dedos de la mano. No tenía dientes al frente de la mandíbula, sólo un pico óseo como el del *Hypsilophodon*. Los molares eran fuertes y estriados. Tal vez el *Iguanodon* introducía plantas en su boca con la lengua y las cortaba con su pico.

El *Iguanodon* fue un dinosaurio muy extendido. Se han encontrado cientos de esqueletos en rocas del Cretácico Inferior del sur de Inglaterra, Bélgica, Alemania y probablemente también en el norte de África y Estados Unidos.

Diente de Iguanodon (5 cm de largo).

Iguanodon

INDOSUCHUS

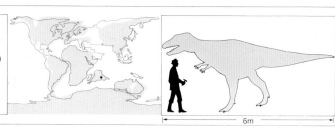

> In-do-su-cus
? Cocodrilo de India
n Prof. F. von Huene (1933)
| India
♦ Cretácico

El tiranosáurido hindú *Indosuchus* se conoce sólo a través de unos cuantos restos y su relación con otros dinosaurios es completamente incierta, aunque muestra semejanzas con el *Tyrannosaurus* y el *Albertosaurus*. Se colectaron ejemplares en dos expediciones, una dirigida por el Dr. Charles Matley del Servicio de Reconocimiento Geológico de India entre 1917 y 1919, la otra por Barnum Brown, del Museo Americano de Historia Natural. Los ejemplares consistían en fragmentos del cráneo, que mostraban particularmente bien los dientes, y parte de la bóveda del cráneo. Los dientes alcanzan 10 centímetros de largo, terribles y afilados, con bordes serrados como los de los cuchillos para carne.

Una de las muestras de mandíbula se sometió a rayos X, lo que mostró cómo se reemplazaban los dientes. Los dinosaurios perdían dientes constantemente, y los carnívoros debían perder varios de ellos cada vez que atacaban a otro dinosaurio. Sin embargo, a diferencia de los humanos, a los

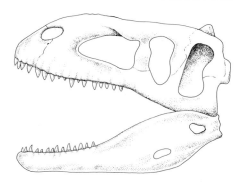

Cráneo de *Indosuchus* (80 cm de largo).

dinosaurios les crecían constantemente los dientes, y los rayos X revelaron pequeños dientes dentro del hueso de la mandíbula, listos para ocupar el lugar de los que se perdieran. Los humanos sólo tienen dos juegos de dientes: los ``dientes de leche'', que se pierden entre los seis y diez años, y los de adulto. Los dinosaurios carnívoros gigantes tenían dientes nuevos todo el tiempo, y no tenían que reparar sus dientes viejos, como nosotros.

KAMPTOBAATAR

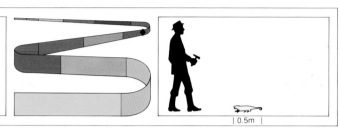

> Camp-to-ba-tar
? Bend (mamífero de Ulan) Batar (Mongolia)
n Z. Kielen-Jaworowska (1970)
| Mongolia
♦ Cretácico

| 0.5m |

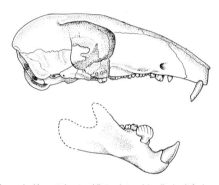

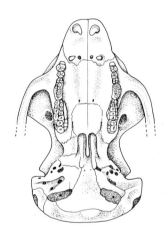

Cráneo de *Kamptobaatar*. Vistas lateral (arriba) e inferior (al lado) que muestran la formación de los dientes.

Los mamíferos que vivieron en la era de los dinosaurios por lo general se conocen poco. En parte eso se debe a que la mayor parte de ellos, como el *Morganucodon*, fueron pequeños, además de que parecen haber sido raros. Algunos notables descubrimientos nuevos en los desiertos de Mongolia han mostrado cómo eran en detalle algunos de esos mamíferos primitivos. El *Kamptobaatar* sólo tiene el tamaño de un pequeño ratón, pero el cráneo se encuentra casi completamente conservado. El hocico es pequeño y consta de dos clases principales de dientes: un par de dientes largos en forma de cincel en el frente, los cuales probablemente se usaron para roer madera o plantas duras, y tres o cuatro dientes largos cubiertos de protuberancias, que se usaban para moler. Este arreglo de los dientes, y la forma del cráneo, son similares a los de los roedores como ratas y ratones, pero el *Kamptobaatar* pertenece a un grupo más primitivo que fue importante durante la última etapa de la era de los dinosaurios y sobrevivió bien en la era de los mamíferos, con formas como el *Ptilodus*. Éstos fueron los primeros mamíferos herbívoros exitosos.

KANNEMEYERIA

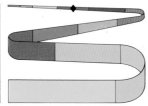

> Ka-ne-me-ye-ria
? Para Kannemeyer
n H.G. Seeley (1909)
| África del Sur; India;
  Tanzania
♦ Triásico

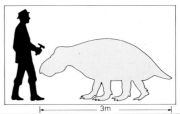

Uno de los grupos de reptiles parecidos a los mamíferos de mayor éxito fue el de los dicinodontes, el principal grupo de herbívoros terrestres durante 30 millones de años antes del surgimiento de los dinosaurios. En ese tiempo cambiaron poco, desde el primitivo *Dicynodon* hasta el *Kannemeyeria*, que fue una forma posterior. Era tan grande como un hipopótamo, pero más robusto y con la cabeza más grande. Las mandíbulas carecían de dientes, excepto por un par de colmillos, y cortaba las plantas con los bordes afilados de las mandíbulas, como los de una tortuga. El cráneo, con una alta cresta, tenía fuertes músculos que movían la mandíbula inferior en poderosos movimientos circulares y hacia atrás y adelante para cortar ramas duras y raíces. Este pesado animal probablemente se movía con lentitud, dado que en esa época no había carnívoros tan grandes como para atacarlo.

Kannemeyeria

KUEHNEOSAURUS

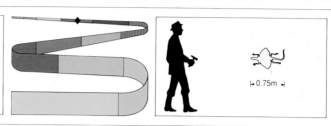

> Cue-neo-sau-rus
? Bestia de Kuehne
n P.L. Robinson (1957)
| Inglaterra
♦ Triásico

├ 0.75m ┤

Los kuehneosaurios fueron el tercer grupo del Triásico Tardío en conquistar el aire, después del *Weigeltisaurus*, en el Pérmico Tardío, y los pterosaurios, probablemente en el Triásico Medio. Ninguno de estos grupos está

emparentado. El *Kuehneosaurus* se conoce por medio de esqueletos delicadamente conservados en las cuevas de fósiles del sur de Inglaterra y Gales de las que emergieron el *Clevosaurus* y el *Morganucodon*, así como por un pariente cercano de Estados Unidos. El *Kuehneosaurus* se veía como una de las lagartijas planeadoras que hoy viven en las zonas tropicales del mundo, y que utilizan una delgada vela de piel para planear de un árbol a otro. El *Kuehneosaurus* tenía un cuerpo como de lagartija, aunque probablemente no sea una lagartija verdadera, y costillas larguísimas que sobresalían a los lados. En el animal vivo las costillas estaban cubiertas de piel, y el *Kuehneosaurus* podía planear algunas decenas de metros entre las copas de los árboles en busca de insectos.

Kuehneosaurus

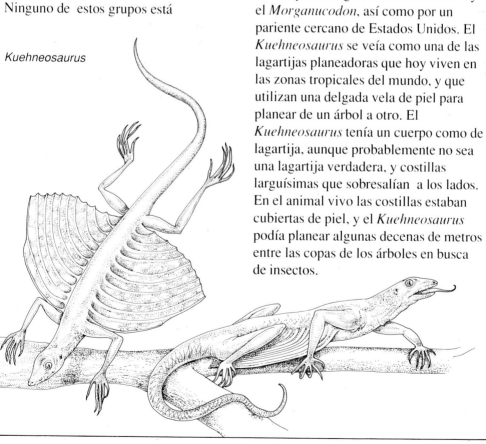

LAMBEOSAURUS

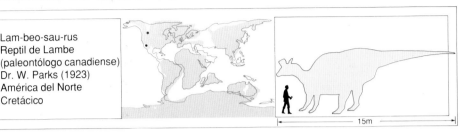

> Lam-beo-sau-rus
? Reptil de Lambe
   (paleontólogo canadiense)
n Dr. W. Parks (1923)
| América del Norte
♦ Cretácico

15m

El *Lambeosaurus* fue un dinosaurio pico de pato con una cresta cuadrada que apuntaba al frente y una espina que apuntaba hacia atrás. Algunos ejemplares tenían la cresta mayor que otros, y al principio se pensó que eran dos diferentes especies. Ahora parece que se trata de machos y hembras. Las fosas nasales corrían a lo largo del hocico y a través de la cresta, que era hueca. En algunos ejemplares de *Lambeosaurus* la cresta es más grande que el cráneo. El *Lambeosaurus* era grande —cerca de 15 metros de largo— y sus huesos son pesados.

Lambeosaurus

Cráneo de Lambeosaurus (2 m de largo)

LEPTOCERATOPS

> Lep-to-ce-ra-tops
? Cara de cuerno delgado
n Dr. B. Brown (1914)
| América del Norte
♦ Cretácico

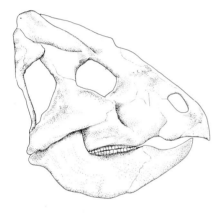

Cráneo de Leptoceratops (32 cm de largo)

El *Leptoceratops* fue un pequeño dinosaurio cornudo emparentado con el *Protoceratops*. Tenía brazos cortos y largas patas, por lo que probablemente podía correr erguido. Los brazos tienen pequeñas manos prensiles que tal vez se usaron para tomar plantas o transportarlas. El cráneo era bajo y no presenta rastros de cuernos, al contrario de sus parientes. El *Leptoceratops* tenía un pequeño collar en el dorso de la cabeza, una forma claramente primitiva. No había aberturas en el hueso del collar como en otros ceratopsios. Esas características aparentemente primitivas son raras, puesto que el *Leptoceratops* vivió mucho tiempo después del origen de los ceratopsios. Al parecer, el *Leptoceratops* conservó los hábitos activos, como correr erguido en sus patas traseras, de los primeros ceratopsios, como el *Psittacosaurus*, aun después de que los otros ceratopsios habían cambiado y caminaban sobre cuatro patas. El *Leptoceratops* medía de 1.2 a 2.7 metros de largo.

LEXOVISAURUS

> Le-xo-vi-sau-rus
? Reptil lexovi (una
   tribu antigua)
n Dr. R. Hoffstetter (1957)
| Inglaterra; Francia
♦ Jurásico

5m

El *Lexovisaurus* fue uno de los primeros estegosaurios que se descubrió. Sabemos de él gracias a pedazos de la armadura y huesos de los miembros que se encontraron en Inglaterra y el norte de Francia. Los ejemplares franceses muestran que el *Lexovisaurus* era muy parecido al *Stegosaurus*. Su armadura era una selección de placas y espinas puntiagudas que corrían sobre el lomo y la cola. Probablemente el *Lexovisaurus* medía 5 metros de largo.

Lexovisaurus

LUFENGOSAURUS

> Lu-fen-go-sau-rus
? Reptil Lufeng
n Dr. C.C. Young (1941)
| China
♦ Triásico

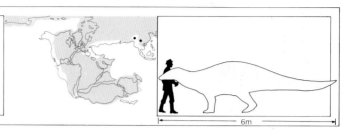

El *Lufengosaurus* es uno de los dinosaurios chinos más antiguos y muestra que había saurópodos en todo el mundo. Estaba emparentado cercanamente con el *Plateosaurus* y era de buen tamaño: 6 metros de largo. El *Lufengosaurus* tenía un cráneo largo y sus dientes estaban ampliamente espaciados. Tenía largas y poderosas patas traseras y brazos cortos; tal vez podía caminar erguido o en cuatro patas. La dieta de este plateosaurio es un misterio. Por lo general se ha asumido que eran herbívoros, pero los dientes pequeños y espaciados tenían filo y pudieron usarse también para comer carne.

Varios esqueletos de *Lufengosaurus* se colectaron en las expediciones chinas a Sichuán y Yunán entre 1930 y 1950. Desde entonces, numerosos ejemplares se han encontrado en varias partes de China.

Lufengosaurus

LYCORHINUS

> Li-co-rri-nus
? Hocico de lobo
n Dr. S.H. Haughton (1924)
| África
♦ Jurásico

1.2m

El *Lycorhinus* es un dinosaurio importante pero poco conocido. Fue un ornitópodo primitivo —un heterodontosáurido— y sus parientes cercanos son el *Geranosaurus* y el *Heterodontosaurus*. El *Lycorhinus* fue bautizado en 1924 a partir de un fragmento de la mandíbula de un pequeño dinosaurio. Muestra un largo colmillo, y dientes como los del *Heterodontosaurus*. Al principio se pensó que era un mamífero primitivo. Sólo hasta 1962 se le reconoció como dinosaurio, cuando fue descrito el *Heterodontosaurus*, su pariente cercano.

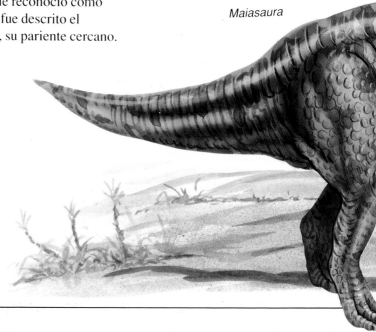

Maiasaura

MAIASAURA

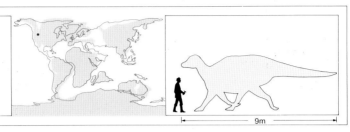

> Ma-ya-sa-uria
? Reptil buena madre
n Dr. J.R. Horner y R.
  Makela (1979)
| América del Norte
♦ Cretácico

El *Maiasaura* es uno de los más importantes dinosaurios que se hayan encontrado recientemente. Entre 1978 y 1979, se encontraron esqueletos de *Maiasaura* adultos junto con nidos y crías. La madre medía cerca de 9 metros de largo, y los jóvenes sólo 1 metro. Los nidos estaban hechos en montículos de 3 metros de diámetro, y los huevos estaban colocados en varias capas. En cada capa los huevos, que tenían forma de salchicha, formaban círculos como los rayos de una rueda. La madre *Maiasaura* evidentemente ponía los huevos con mucho cuidado y los distribuía en ese patrón regular. Cubría cada capa con arena y luego cubría todo el nido para conservar los huevos en un ambiente cálido hasta que las crías nacieran. Sin embargo, los jóvenes que se hallaron no eran recién nacidos, así que evidentemente permanecían cerca del nido conforme crecían. Ello ha sugerido que estos dinosaurios cuidaban de los jóvenes.

MAJUNGATHOLUS

> Ma-yun-ga-to- lus
? Bóveda de Majunga
  (donde se encontró)
n Drs. H.-D. Sues y
  P. Taquet (1979)
| Madagascar
♦ Cretácico

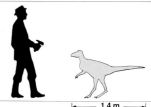

|— 1.4 m —|

Del *Majungatholus* se conoce sólo un fragmento de la bóveda craneana que se encontró recientemente en la isla de Madagascar, en la costa sudoriental de África. Fue un descubrimiento inesperado, pues los paquicefalosaurios sólo se habían encontrado antes en el hemisferio norte, en América del Norte, Europa y el oriente de Asia. Los fósiles de dinosaurios no son muy comunes en Madagascar. Se han hallado un saurópodo y un terópodo muy mal conservado.

El *Majungatholus* fue un paquicefalosaurio con bóveda craneana alta, como el *Stegoceras* de América del Norte y otros de Asia. Al parecer los dinosaurios llegaron a Madagascar desde América del Norte a través de América del Sur y África. Algún día se encontrarán paquiocefalosaurios en esos dos continentes.

MAMENCHISAURUS

> Ma-men-qui-sau-rus
? Reptil de Mamenchi
  (un lugar de China)
n Dr. C.C. Young (1954)
| Asia
♦ Jurásico

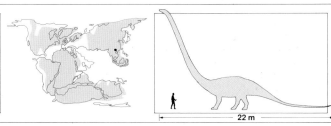

22 m

El *Mamenchisaurus* fue un gran saurópodo emparentado con el *Apatosaurus* y el *Diplodocus*. Se le conocía por esqueletos parciales, hasta que un ejemplar casi completo se encontró en 1972. Éste reveló algo extraordinario: el *Mamenchisaurus* tuvo el cuello más largo que cualquier otro animal que haya vivido en la Tierra. El cuello era tan largo como el resto del cuerpo. De un total de 22 metros, ¡11 eran del cuello! Había 19 vértebras en el cuello —el número más alto entre todos los dinosaurios— y estaba reforzado por barras de hueso. Pudo ser que el *Mamenchisaurus* pasara el tiempo en medio de un estanque y moviera la cabeza a los lados, mientras comía plantas, como una aspiradora gigante, con el cuello flotando sobre el agua.

Mamenchisaurus

EVOLUCIÓN DE LOS MAMÍFEROS

Los mamíferos surgieron hace unos 220 millones de años, poco después de que los dinosaurios cobraron importancia. Durante los siguientes 160 millones de años, los mamíferos permanecieron como animales huraños que emergían por la noche para cazar insectos y recolectar nueces y bayas. Podían hacer tal cosa por la noche porque tenían sangre caliente y una cubierta de pelo sobre el cuerpo, lo que los mantenía calientes después de la caída del sol.

Los mamíferos del Jurásico y del Cretácico incluyen una gran gama de pequeños animales del tamaño de un gato como el *Kamptobaatar*, el *Morganucodon* y el *Sinoconodon*. Los antepasados de los tres grupos modernos de mamíferos también surgieron en el Cretácico. Los tres grupos son los monotremas, que incluye al ornitorrinco, que tiene pico de pato y pone huevos, los marsupiales, como los koalas y los canguros, que cargan a sus crías en una bolsa, y los placentarios, que son todos los demás mamíferos.

Cuando los dinosaurios se extinguieron hace 66 millones de años, al parecer los mamíferos placentarios evolucionaron rápidamente. Toda la gran gama de grupos modernos —de los ratones al elefante y de las ballenas a los murciélagos— surgieron en los primeros 10 millones de años de la era Cenozoica. Es difícil trazar el patrón de esa rápida evolución a partir de los registros fósiles, porque todo sucedió velozmente. Algunos de esos mamíferos primitivos incluyen formas como el *Morganucodon*, el *Oxyaena* y el *Purgatorius*. Algunos de ellos fueron antepasados de los mamíferos actuales, como nosotros, y algunos pertenecen a grupos que pronto desaparecieron.

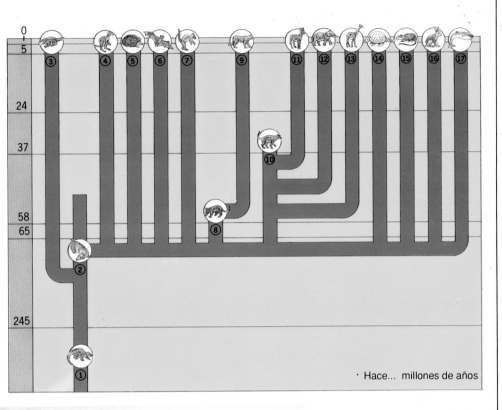

Escena del Mioceno Tardío en los pastizales de América del Norte.

Clave de la evolución de los mamíferos
1 Reptiles parecidos a los mamíferos
2 Mamíferos del Mesozoico
3 Monotremas
4 Marsupiales
5 Insectívoros
6 Murciélagos
7 Primates
8 Creodontes
9 Carnívoros
10 Condilartos
11 Caballos, rinocerontes
12 Elefantes
13 Cerdos, caballos, ciervos
14 Hormigueros, perezosos
15 Roedores
16 Conejos, liebres
17 Ballenas, delfines

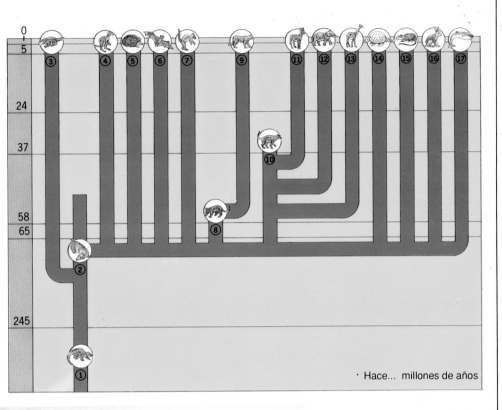

Hace... millones de años

MAMMUTHUS

> Ma-mu-tus
? Excavadora
n J.F. Blumenbach (1803)
| Europa; América del
   Norte; África
♦ Plioceno Pleistoceno

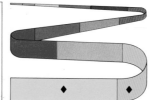

4 m

El mamut, *Mammuthus*, surgió en África hace 5 millones de años y se extendió por Asia, Europa y América del Norte. El mamut gigante de América del Norte ha sido el elefante más grande de todos los tiempos, pues alcanza cuatro metros de altura hasta los hombros. El mamut lanudo del norte de Europa y Rusia, el más famoso de los mamuts, era más pequeño que los elefantes modernos: medía 2.8 metros de altura hasta los hombros. Docenas de ejemplares se han desenterrado del suelo helado del oriente de Rusia donde cuerpos enteros estuvieron congelados durante decenas de miles de años. Al parecer, la carne de esos mamuts lanudos ¡aún es comestible!

Mammuthus

MASSOSPONDYLUS

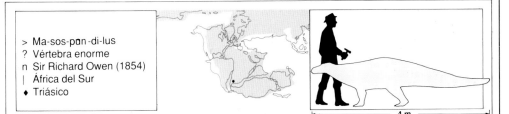

> Ma-sos-pɒn-di-lus
? Vértebra enorme
n Sir Richard Owen (1854)
| África del Sur
♦ Triásico

4 m

El *Massospondylus* fue un animal grande, de cerca de 4 metros de largo, y uno de los dinosaurios primitivos más extendidos. Sus parientes cercanos, los cuales vivieron en la misma época, eran el *Lufengosaurus*, en China, y el *Plateosaurus*, en Europa. El *Massospondylus* fue bautizado en 1854 por sir Richard Owen a partir de unas cuantas vértebras rotas enviadas de Sudáfrica a Inglaterra. Más tarde se encontraron nuevos fósiles de *Massospondylus* y ahora hay esqueletos parciales que permiten intentar una reconstrucción.

El *Massospondylus* era herbívoro. Comía hojas duras y tenía piedras en el estómago para molerlas, como la arena que las aves tragan con el mismo propósito. Tenía fuertes patas traseras y brazos y manos que podían emplearse para caminar o sujetar. El pulgar era grande y tenía una garra curva. Podía colocarse entre el segundo y el tercer dedo y pudo usarse para sujetar cosas. El cuarto y el quinto dedo eran muy pequeños. Unos huesos raros de India también han recibido el nombre de *Massospondylus*.

Massospondylus

139

MEGALOSAURUS

> Me-ga-lo-sau-rus
? Reptil grande
n Prof. W. Buckland (1824)
| África; Europa
♦ Jurásico

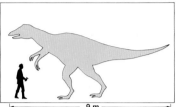

9 m

En 1824, el *Megalosaurus* fue el primer dinosaurio en recibir nombre. El primer ejemplar incluía una mandíbula con varios dientes afilados. Se localizó en 1818 en una mina de pizarra en la villa de Stonesfield, cerca de Oxford, junto con otros huesos y fósiles. El *Megalosaurus* fue finalmente descrito después de que William Buckland (*ver pág. 10*) intentó por un tiempo descubrir qué podía ser.

Los dientes del *Megalosaurus* tienen raíces largas que se asientan firmemente en el hueso de la mandíbula. La punta de los dientes es aplanada y se curva hacia atrás; tanto la orilla delantera como la trasera tienen filo serrado, como el de los cuchillos para carne. La mano tiene tres dedos y el pie cuatro. ¡El *Megalosaurus*, sin duda, fue un predador terrible! Se han descrito cerca de 20 especies de *Megalosaurus*, todas encontradas en rocas de un período de 100 millones de años. No es común que una especie sobreviva tanto, y muchas de las descripciones se han hecho con base en hallazgos muy escasos que pueden pertenecer a cualquier dinosaurio carnívoro.

Megalosaurus

MEGATHERIUM

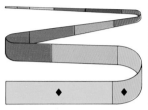

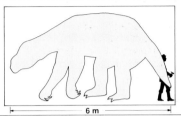

6 m

Uno de los mamíferos actuales más raros de América del Sur es el perezoso, que se pasa la vida moviéndose lentamente en los árboles y colgado boca arriba de las ramas mientras se alimenta con hojas. Hace cerca de 35 millones de años había perezosos más grandes: los perezosos terrestres, que tuvieron éxito y gran tamaño en el Pleistoceno. El *Megatherium* es el más conocido de los perezosos de tierra gigantes, puesto que se han desenterrado docenas de esqueletos completos. El primer ejemplar que se conoció fue enviado a España en 1789 por el gobernador de Buenos Aires. Los huesos mostraban que un animal tan grande como un elefante había vivido en América del Sur, pero que su forma había sido muy diferente.

El *Megatherium* podía caminar en cuatro patas de una manera muy lenta, aunque también era capaz de levantarse sobre sus patas traseras. Tenía la cadera amplia y la cola era ancha y corta, de tal manera que cuando se levantaba, la cola ayudaba a formar una especie de trípode junto con las patas traseras. Las mandíbulas anchas probablemente alber-

gaban una larga lengua, como en los perezosos modernos, que pudo utilizarse para sujetar hojas.

El *Megatherium* se erguía para alcanzar la parte alta de los árboles, y usaba las garras largas de sus manos para reunir hojas. Los parientes del *Megatherium* se extendieron hasta el sur de Estados Unidos, pero el grupo completo se extinguió hace unos 11,000 años.

Megatherium

MELANOROSAURUS

> Me-la-no-ro-sau-rus
? Reptil de la montaña negra
n Dr. S.H. Haughton (1924)
| África
♦ Triásico

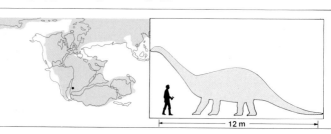

12 m

El *Melanorosaurus* fue el mayor de los dinosaurios primitivos. Sus parientes más cercanos fueron el *Euskelosaurus*, de África del Sur, y el *Riojasaurus*, de América del Sur; algunos piensan que estos animales son de hecho el mismo. Estos melanorosáuridos fueron grandes herbívoros, pero ninguno de los esqueletos encontrados tiene el cráneo, por lo que aún no son bien conocidos.

El *Melanorosaurus* probablemente caminaba en cuatro patas, al contrario del *Plateosaurus* y el *Lufengosaurus*, sus otros parientes, que en ocasiones podían erguirse. Esto sugiere que el *Melanoro-saurus* era más avanzado que el *Plateo-saurus*, y que había evolucionado en la línea que conduciría más tarde a los saurópodos gigantes, que siempre caminaban en cuatro patas. Los ejemplares originales de *Melanorosaurus* consistían en unos cuantos huesos de las patas y vértebras; la reconstrucción se basa en ellos y en formas emparentadas.

Melanorosaurus

MINMI

> Min-mi
? Minmi Crossing (lugar donde se encontró)
n Dr. R.E. Molnar (1980)
| Australia
♦ Cretácico

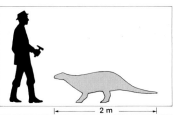

Minmi, el único anquilosaurio australiano, se halló en 1964. Los restos están muy incompletos, y consisten en 11 huesos de la columna vertebral, el esqueleto parcial de una pata y un gran número de placas de armadura.

La columna vertebral resultó ser muy interesante. Cada uno de sus huesos —las vértebras— tiene una varilla de hueso en forma de espada que lo une a los siguientes tres o cuatro de atrás. Esta varilla de hueso tiene una placa triangular en el frente, y descansa en las uniones de las costillas con las vértebras. Tras la placa se extiende una larga y delgada espina de hasta 15 centímetros de largo.

Tales varillas de hueso al parecer se formaban en el interior de los poderosos músculos del lomo del *Minmi*, y se ha sugerido que le permitían correr velozmente. Las varillas de hueso hacían rígido el lomo y absorbían la fuerza producida por el golpe de los pies al correr rápidamente.

El *Minmi* es importante, dado que es el único anquilosaurio conocido de Australia, además de ser uno de los únicos dos anquilosaurios que se conocen del hemisferio sur. El otro proviene de India, pero aún no ha sido descrito.

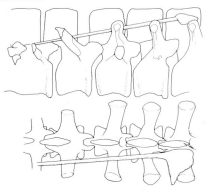

Parte de la columna vertebral del *Minmi*, en la que se observa uno de los huesos especiales que unía las vértebras (la sección que se muestra tiene 18 cm de ancho).

MIXOSAURUS

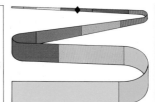

> Mi-xo-sau-rus
? Reptil mixto
n G. Baur (1887)
| Francia; Alemania; China;
  Noruega; Nueva Zelanda
♦ Triásico

|← 1.2 m →|

Los ictiosaurios del Triásico Temprano muestran características primitivas que remiten a sus antepasados terrestres, pero el *Mixosaurus*, sólo unos cinco millones de años posterior, fue un eficiente nadador parecido al delfín. A primera vista, el *Mixosaurus* parece muy similar a sus parientes posteriores como el *Ichthyosaurus* y el *Ophthalmosaurus*, pero su cuerpo es más delgado, las aletas no son tan grandes y el extremo de la

columna vertebral no se desvía hacia abajo tan marcadamente. El *Mixosaurus* se ha encontrado en todo el mundo, y es evidente que era capaz de nadar en todas las aguas bajas del mundo desde el norte hasta el sur. Los mejores ejemplares de este ictiosaurio relativamente pequeño provienen de canteras de pizarra de gran calidad en la región alpina de Europa central.

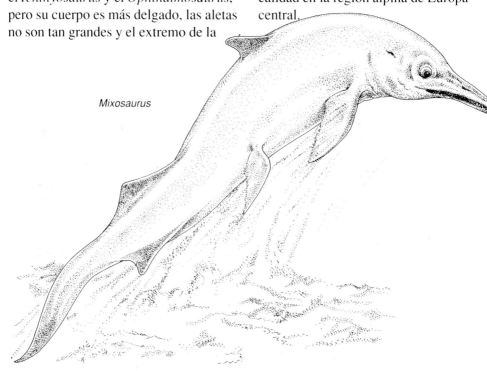

Mixosaurus

MOERITHERIUM

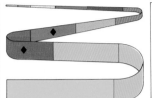

> Moe-ri-te-rium
? En parte mamífero
n C.W. Andrews (1906)
| Senegal; Mali
♦ Eoceno Oligoceno

0.9 m

Moeritherium

Durante mucho tiempo se consideró que el *Moeritherium* era el elefante más antiguo que se conocía, pero en 1984 se reportaron restos aún más viejos en Argelia. Están mucho menos completos que los ejemplares de *Moeritherium*, algunos de los cuales provienen de los mismos yacimientos de Egipto de donde salieron esqueletos de *Arsinoitherium*. El *Moeritherium* probablemente se veía como un hipopótamo pigmeo y carecía de colmillos y trompa. Los molares y otras características del cráneo y del esqueleto muestran que era un elefante primitivo, pero probablemente una línea lateral de la que siguieron las formas modernas. El *Moeritherium* tenía largos dientes frontales que sobresalían, tanto en la mandíbula inferior como en la superior, parecidos a los colmillos dobles que se observan en los gomfodontes, animales de mayor tamaño que surgieron después. Los fósiles de *Moeritherium* provienen de rocas de la boca de un río cercana al mar, por lo que debe haber vivido buena parte del tiempo en el agua, arrancando plantas acuáticas con sus dientes.

MORGANUCODON

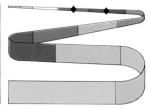

> Mor-ga-nu-co-don
? Diente de Morgan
n F.R. Parrington (1941)
| China; Gales
♦ Triásico Jurásico

├─ 0.1 m ─┤

Los mamíferos más antiguos se remontan al Triásico Tardío, hace unos 215 millones de años, pero sólo se conocen algunos dientes. El primer mamífero fósil que se conoce razonablemente bien es el *Morganucodon*, proveniente de una cueva del sur de Gales al igual que de China. El *Morganucodon* tenía el tamaño de un ratón, aunque tenía el cuerpo más largo y la cola más corta. El hocico largo y estrecho tiene pequeños dientes afilados, del tipo de los que se emplean para atrapar y masticar insectos y otros pequeños animales. Los ojos son grandes, por lo que probablemente el *Morganucodon* cazaba sus presas en la noche, moviéndose rápidamente entre las raíces de los árboles y entre los residuos de hojas y ramas del suelo del bosque. Las manos y las patas tienen largas uñas que pudieron usarse para sujetar ramas o atrapar insectos. Al parecer el *Morganucodon* tenía temperatura corporal constante, pero casi seguramente aún ponía huevos, como algunos mamíferos primitivos de hoy en día (*ver pág. 136*).

Morganucodon

MOSASAURUS

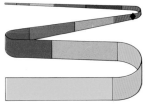

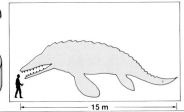

> Mo-sa-sau-rus
? Reptil de Mosa
n W.D. Conybeare (1822)
| África; Europa; América del Norte
♦ Cretácico

Los mosasaurios fueron un grupo exitoso de reptiles que se alimentaban con peces y que se diversificaron en los mares del Cretácico Tardío, en la época en la que los ictiosaurios se habían extinguido y los plesiosaurios estaban en decadencia. El *Mosasaurus* tenía cuerpo largo y delgado con cola ancha y plana que usaba para impulsar el nado. Las manos y los pies se modificaron como aletas, probablemente para controlar la dirección del nado, y las largas y poderosas mandíbulas tenían hileras de dientes anchos y afilados. Éstos se usaban para perforar la concha de las amonitas, medusas anilladas muy comunes en ese tiempo; esto se sabe porque se han hallado conchas de amonita con líneas de perforaciones de dientes hechas por un mosasaurio. Lo más extraño es que los mosasaurios gigantes eran lagartijas, cercanamente emparentadas con los varanos modernos.

Mosasaurus

MOSCHOPS

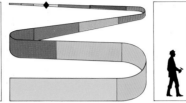
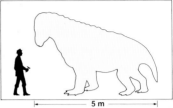

> Mos-cops
? Ojo de ternera
n R. Broom (1911)
| África del Sur; Rusia
♦ Pérmico

5 m

Moschops

Entre los reptiles parecidos a los mamíferos del Pérmico Tardío había muchas formas extrañas, como el *Estemmenosuchus* y su pariente cercano, el *Moschops*. El *Moschops* fue un animal de gran tamaño, tan grande como un buey y probablemente más pesado y lento. Tenía una caja torácica con forma de barril, lo que sugiere que tenía un gran sistema digestivo para procesar vegetales de mala calidad. Los dientes sin filo y las mandíbulas anchas también indican una dieta de vegetales duros. Los hombros y la cadera eran pesados, y los brazos y las piernas más bien cortos, por lo que sólo podía dar cortas zancadas a pesar del gran tamaño de su cuerpo. Los cuartos delanteros eran más altos que los traseros, lo que en principio lo hace similar a los mamíferos calicotéreos muy posteriores, como el *Chalicotherium* y el *Moropus*. Sin embargo, no es probable que el *Moropus* pudiera levantarse sobre sus patas traseras y usar sus brazos para tomar comida. Los grandes y altos hombros del *Moschops* pudieron relacionarse con peleas. Tiene una gruesa bóveda craneana, de cerca de 10 centímetros de ancho, y al parecer los machos de *Moschops* tenían enfrentamientos a topes, como los carneros y las cabras salvajes de ahora.

HOMBRE DE NEANDERTHAL

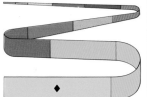

> Hombre de Nean-der-tal
? Hombre del valle de
  Neander
n H. Schaafhaysen (1857)
l Alemania; Francia;
   Austria; Turquía
◆ Pleistoceno

El hombre de Neanderthal salió a la luz por primera vez en 1857, cuando se encontró un esqueleto en el valle de Neander, Alemania. Al principio se pensó que eran los restos de un soldado ruso atrapado mientras huía de las tropas de Napoleón por 1800. Pronto se descubrió que el esqueleto tenía miles de años, y que representaba una raza humana extinguida.

Estudios más recientes han demostrado que el esqueleto de 1857 eran de un anciano con artritis. Otros fósiles de hombres de Neanderthal más jovenes indican que eran más robustos que nosotros, ¡pero que tenían cerebros más grandes! El cráneo tenía salientes prominentes sobre las cejas y una

pesada mandíbula. Los hombres de Neanderthal eran lo suficientemente avanzados como para enterrar a sus muertos, razón por la que hay tantos buenos restos que los paleontólogos pueden estudiar. El cuerpo rechoncho estaba adaptado a la vida en el frío de las últimas glaciaciones, durante las cuales vivieron en cuevas. La raza Neanderthal dio lugar al hombre completamente moderno después de que se retiraron los hielos, tiempo en el que las dos razas llegaron a convivir.

Hombre de Neanderthal

NEMEGTOSAURUS

> Ne-meg-to-sau-rus
? Reptil de Nemegt (lugar donde se encontró)
n Dr. A. Nowinsky (1971)
| Mongolia
♦ Cretácico

tamaño desconocido

Se conoce tan sólo el cráneo del *Nemegtosaurus*, y se parece mucho al del *Diplodocus*. Este ejemplar lo colectó en 1965 una expedición polaco-mongola en el desierto del Gobi, Mongolia. El cráneo es largo e inclinado hacia adelante. Como otros diplodócidos, el *Nemegtosaurus* tiene un pequeño número de dientes en forma de clavija en el frente de las mandíbulas. Si el

Nemegtosaurus es un diplodócido, vivió mucho después que sus parientes, los cuales se hallan en rocas 50 millones de años más antiguas. El esqueleto sin cabeza de otro saurópodo, el *Opisthocoelicaudia*, se encontró en el mismo depósito que la cabeza del *Nemegtosaurus*, y se ha sugerido que los dos son parte de un mismo animal. Sin embargo, el esqueleto del *Opisthocoelicaudia* es más como el de un camarasáurido que como el de un diplodócido.

NOASAURUS

> No-a-sau-rus
? Reptil del noroeste de Argentina
n Drs. J.F. Bonaparte y J. Powell (1980)
| Argentina
♦ Cretácico

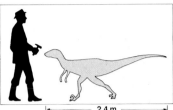

2.4 m

La garra del *Noasaurus* muestra el agujero especial en el dorso para ligarse con un poderoso músculo (garra de 3.5 cm de longitud)

El *Noasaurus* fue un activo carnívoro de tamaño mediano. Se le bautizó en 1980 con base en algunas partes del cráneo, algunas vértebras y dos huesos de la pata. Tenía una terrible garra curva en las patas, como el *Deinonychus* y el *Dromaeosaurus*, y la usaba para atacar a otros dinosaurios. La garra tenía una ancha curva exterior y una extraña curva "granulosa" en el interior. Ésta se encontraba alrededor de un agujero especial cerca de la parte superior de la garra, que debió unirse a un fuerte músculo en el animal vivo. Este músculo le daba gran fuerza a la garra.

El cráneo del *Noasaurus* es muy diferente al del *Deinonychus*, aunque la garra podría sugerir que el *Noasaurus* era un deinonicosaurio. Los científicos argentinos que lo bautizaron no pudieron encontrar otro dinosaurio conocido que pudiera ser su pariente, y argumentaron que pertenece a un grupo completamente nuevo: los noasáuridos. Es interesante observar que los deinonicosaurios y los noasáuridos desarrollaron el mismo tipo de garra por separado.

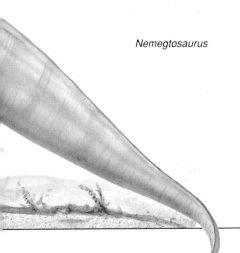

Nemegtosaurus

151

NOTHOSAURUS

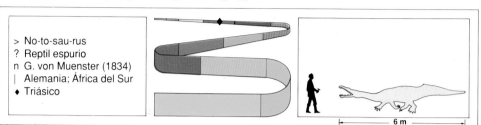

> No-to-sau-rus
? Reptil espurio
n G. von Muenster (1834)
| Alemania; África del Sur
◆ Triásico

6 m

Los mares en tiempos del Triásico vieron muchos reptiles nadadores que se alimentaban de peces, como el *Askeptosaurus* y los ictiosaurios *Mixosaurus* y *Ophtalmosaurus*. Otro grupo muy exitoso fue el de los notosaurios, que iban desde el tamaño de una lagartija hasta los cuatro metros de largo. Muchos esqueletos bien conservados se han hallado en Europa central. Estos muestran que el *Nothosaurus* tenía cuello largo, cráneo largo y angosto con dientes afilados para sujetar peces, cola estrecha y patas anchas como aletas. El *Nothosaurus* usaba brazos y piernas para nadar, pero debe haberlo hecho al "estilo perrito". A finales del Triásico, los plesiosaurios —que estaban mejor adaptados a la vida marina— deben haber surgido a partir de los notosaurios, pero eso no es seguro.

Nothosaurus

NOTHROTHERIUM

> No-tro-te-rium
? Bestia lenta
n R. Lydekker (1894)
| Argentina
♦ Pleistoceno

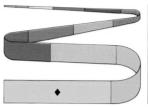

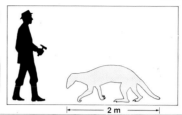

2 m

Los perezosos terrestres de América del Sur, como el *Megatherium*, llegaron a América del Norte a través de un puente que se formó en Panamá, en América Central, hace unos tres millones de años. El *Nothrotherium*, el perezoso terrestre más conocido de América del Norte, se extendió en gran parte del suroeste de Estados Unidos. El *Nothrotherium* se extinguió hace 11,000 años, no hace mucho, y algunos depósitos en cuevas conservan restos "blandos" como pelo y desechos. El pelo es de color amarillento, mientras que los excrementos contienen semillas y ramas de plantas del desierto. Cuando se extinguieron los grandes perezosos terrestres, tal vez a causa de que los humanos los cazaban, ningún otro animal fue capaz de llevar una dieta de plantas tan poco prometedoras.

NOTOSTYLOPS

No-tos-ti-lops
? Columnas traseras
n F. Ameghino
| Argentina
♦ Eoceno

⊢0.75 m⊣

Los herbívoros de América del Sur incluyen una variedad de animales como el *Astrapotherium* y el *Pyrotherium*, que pertenecen a grupos únicos que no se han encontrado en otro lugar. Uno de los miembros primitivos del grupo principal es el *Notostylops*, un animal parecido a las ovejas que tenía fuertes dientes afilados y una gran mandíbula.

Sin embargo, al contrario de las ovejas, aún tenía al frente largos dientes cortantes que pudieron usarse para atravesar hojas y frutas. Estos herbívoros de América del Sur se agrupan juntos porque comparten características especiales de los dientes, y por las cavidades especiales en el cráneo a cada lado del oído medio, lo que pudo darles un buen sentido del oído.

OPHIDERPETON

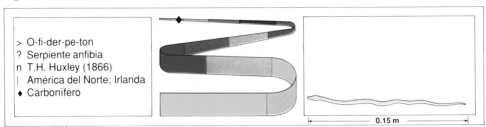

> O-fi-der-pe-ton
? Serpiente anfibia
n T.H. Huxley (1866)
| América del Norte; Irlanda
♦ Carbonífero

0.15 m

Algunos anfibios del Carbonífero fueron muy diferentes a los robustos animales representativos que se alimentaban con peces, como el *Crassiggyrinus* o el *Eogyrinus*. Algunas líneas evolucionaron como pequeñas formas parecidas a las salamandras —aunque no se relacionan con las salamandras modernas— y algunas de ellas adquirieron formas extrañas, como el *Diplocaulus*. Otras, que pueden estar relacionadas con el *Diplocaulus*, perdieron además las patas y se convirtieron en seres parecidos a las serpientes.

El *Ophiderpetoñ* es un ejemplo de este grupo. Este pequeño animal probablemente se vio en vida como un gusano, pero su esqueleto sugiere que debió derivarse de una forma de anfibio primitivo, como el *Crassigyrinus*. El pequeño cuerpo tenía 230 vértebras, en lugar de las habituales 50, y se perdieron todos los rastros de piernas y brazos.

No hay duda de que los antepasados del *Ophiderpeton* tenían piernas, pero él no tuvo necesidad de ellas en la vida acuática de los estanques, o al arrastrarse en la capa de hojas del bosque en busca de pequeños insectos para alimentarse.

La cabeza es una de las características más notables del grupo, pues consiste en un estrecho cilindro muy simple en comparación con la mayor parte de los anfibios de su tiempo. Es tan pequeño que muchos de los huesos del cráneo han desaparecido o se han fundido con otros. Las fosas nasales y los ojos son grandes, así que tenía buenos sentidos del olfato y de la vista, posiblemente para localizar a sus presas. La mandíbula es débil y no podía hacerse cargo de alimento duro.

Ophthalmosaurus

154

OPHTHALMOSAURUS

> Of-tal-mo-sau-rus
? Reptil ojo
n H.G. Seeley (1874)
| Inglaterra; Alemania; Francia
♦ Triásico

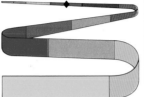 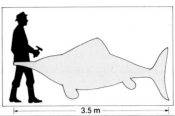

3.5 m

Muchos de los últimos ictiosaurios fueron muy grandes, algunos tanto como ballenas. El *Ophthalmosaurus* fue más grande que las formas habituales del triásico, como el *Mixosaurus*, y muestra avances en varias características. La cabeza es más o menos la misma que en el *Ichthyosaurus*, un ictiosaurio un poco más antiguo, pero las aletas están todavía más modificadas que en la forma primitiva. Por ejemplo, los huesos del muslo y de la espinilla se convirtieron en discos óseos difíciles de distinguir de los otros huesos de la aleta. La aleta trasera es considerablemente más pequeña que la delantera. Los huesos de la mayor parte de la aleta delantera se derivan de los huesos normales de dedos que se han encontrado en todos los vertebrados terrestres, pero en ellos hay muchos más. Mientras que la mayor parte de los vertebrados terrestres tienen cuatro o cinco huesos cortos en cada dedo —pueden contarse si se doblan los dedos— el *Ophthalmosaurus* y otros de los últimos ictiosaurios con frecuencia tenían tantos como 20 o 25. Algunas formas podían tener dedos extras para ampliar las aletas.

ORNITHISCHIA

La orden Ornithischia incluye una amplia gama de dinosaurios, todos ellos herbívoros. Había animales bípedos como el *Iguanodon* y los pico de pato (ornitópodos), animales de cabeza gruesa (paquicefalosaurios) y los tres grupos de dinosaurios con armadura (estegosaurios, anquilosaurios y ceratopsios). Los Ornithischia evolucionaron más tarde que la otra orden de dinosaurios, Saurischia, que aparece por primera vez en el Triásico Tardío.

La suborden de ornitisquios más antigua, Ornithopoda, sobrevivió del Jurásico Temprano hasta el fin del Cretácico, e incluye al *Fabrosaurus* y al *Scutellosaurus*.

Los dinosaurios de esta suborden parecen ser los predecesores de los ceratopsios cornudos y de los paquicefalosaurios, dinosaurios de cabeza prominente, pero no existe certeza de cuándo evolucionaron estas especies. Estos dos grupos sólo se conocen de la última parte del Cretácico.

Los otros grupos de ornitisquios, los estegosaurios con placas y los anquilosaurios con armadura, surgieron en el Jurásico Medio, pero eran raros hasta el Cretácico. El estegosaurio y el anquilosaurio parecen haber compartido un antepasado común, posiblemente algo parecido al *Scelidosaurus* del Jurásico Temprano.

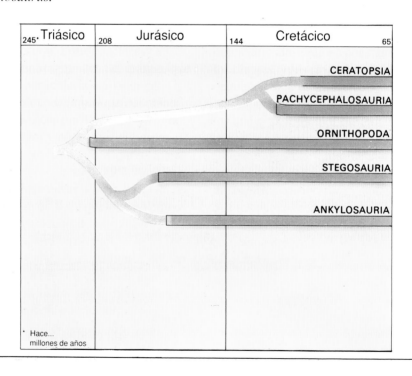

| 245.Triásico | 208 | Jurásico | 144 | Cretácico | 65 |

CERATOPSIA

PACHYCEPHALOSAURIA

ORNITHOPODA

STEGOSAURIA

ANKYLOSAURIA

* Hace...
millones de años

ORNITHOLESTES

> Or-ni-to-les-tes
? Ladrón de pájaros
n Prof. H.F. Osborn (1903)
| Wyoming (EU)
♦ Jurásico

2 m

El *Ornitholestes* fue un carnívoro pequeño y ligero. Un esqueleto casi completo, encontrado en 1900 en las famosas vetas de dinosaurios de Wyoming, muestra que tenía 2 metros de largo. Desde 1900, sólo otro ejemplar de *Ornitholestes*, una mano incompleta, se ha localizado. Las patas y los brazos eran delgados y largos. El *Ornitholestes* tenía dientes pequeños y manos más bien débiles. Con certeza fue un buen corredor y debe haberse alimentado con lagartijas, ranas y mamíferos primitivos que vivían en su época. El *Ornitholestes* es muy parecido al *Coelurus*.

Ornitholestes

ORNITHOMIMOSAURIA

La infraorden Ornithomimosauria está integrada por un grupo de activos dinosaurios corredores. Es posible que los primeros representantes de esta infraorden evolucionaran en el Jurásico Tardío. El *Elaphrosaurus*, de Tanzania, en el este de África, tenía las patas largas y delgadas y el cuerpo como de avestruz de los ornitomimosaurios posteriores, pero no se conoce su cabeza. Esto significa que es imposible verificar las características clave que se hallan en la cabeza de los ornitomimosaurios: cerebro grande, grandes ojos y ausencia de dientes. Otro ornitomimosaurio muy dudoso es el *Deinocheirus*, del que sólo se conocen dos enormes brazos con grandes garras. Los ornitomimosaurios definitivos se remontan al Cretácico Tardío de América del Norte (*Ornithomimus, Struthiomimus*) y de Asia central (*Avimimus, Oviraptor*).

La mayor parte de los dinosaurios de esta infraorden son miembros de la familia Ornithomimosauridae. Sin embargo, el *Oviraptor* es tan distinto, con su extraña y pequeña cabeza y su protuberancia en la nariz, que se le coloca en una familia diferente: la Oviraptoridae. El *Avimimus* es aun más problemático. Tiene el cuerpo ligero en forma de ave de los ornitomimosaurios, pero las manos y el cráneo se conocen muy poco como para decir que eran como los del *Ornithomimus*. El *Avimimus* se coloca en su propia familia: la Avimimidae.

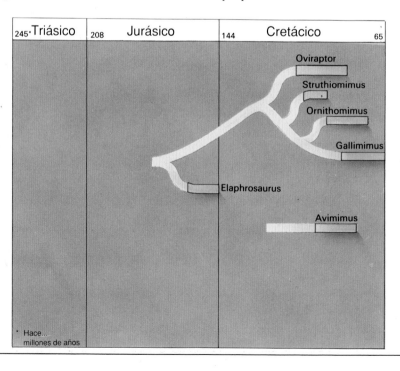

245·Triásico	208 Jurásico	144 Cretácico 65

Oviraptor

Struthiomimus

Ornithomimus

Gallimimus

Elaphrosaurus

Avimimus

* Hace... millones de años

Elaphrosaurus

Ornithomimus

Struthiomimus

Gallimimus

ORNITHOMIMUS

> Or-n-ito-mi-mus
? Imitador de aves
n Dr. O.C. Marsh (1890)
| América del Norte
♦ Cretácico

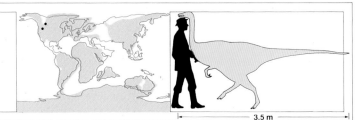

3.5 m

Ornithomimus

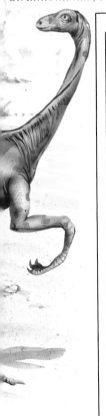

El *Ornithomimus* fue un dinosaurio avestruz de tamaño mediano. Más de la mitad de sus de 3 o 4 metros de largo corresponde a la cola. Muchos esqueletos y huesos sueltos de *Ornithomimus* se han encontrado, y se han descrito diez especies. Los primeros restos se hallaron en 1889, cerca de Denver, Colorado (Estados Unidos), y fueron bautizados por Othniel C. Marsh. Él describió varias especies, todas con base en restos escasos. Sólo hasta 1917 se describió un esqueleto razonablemente completo de *Struthiomimus*, cercano pariente del *Ornithomimus*. Este hallazgo mostró cómo podrían haber sido las partes desconocidas del *Ornithomimus*. El *Ornithomimus* no tenía dientes, aunque tal vez tenía un pico córneo. Pudo haber atrapado alimento como hojas, frutos, raíces, insectos, lagartijas y pequeños mamíferos usando sus largos y fuertes dedos. Tal vez los cortaba en pedazos que luego tragaba, como hacen las aves. El *Ornithomimus* está estrechamente emparentado con el *Struthiomimus*, pero difiere en el tamaño relativo de las extremidades y en la forma de las manos.

ORNITHOPODA

245* Triásico	208	Jurásico	144	Cretácico	65
Ver pág. 162					Anatosaurus
					Edmontosaurus
					Brachylophosaurus
					Hadrosaurus
					Claosaurus
					Secernosaurus
					Shantungosaurus
					Saurolophus
					Prosaurolophus
					Maiasaura
					Tsintaosaurus
					Parasaurolophus
					Corythosaurus
					Lambeosaurus
* Hace... millones de años					Hypacrosaurus

ORNITHOPODA

La suborden Ornithopoda incluye entre 60 y 70 diferentes dinosaurios herbívoros. Esta suborden evolucionó a principios del Jurásico. Las dos primeras familias primitivas fueron la Fabrosauridae y la Heterodontosauridae, todos ellos animales pequeños sobre todo del sur de África (*Fabrosaurus, Geranosaurus*) y de América del Norte (*Scutellosaurus*), con un hallazgo reciente en China (*Xiaosaurus*). La tercera familia de ornitópodos, Hypsilophontidae, se conoce del Jurásico Tardío y el Cretácico Temprano de América del Norte (*Dryosaurus, Zephyrosaurus*), Europa (*Hypsilophodon*) y África (*Dryosaurus*). La familia Iguanodontidae surgió en el Jurásico Tardío de América del Norte y se extendió en el Cretácico Temprano por Europa, Asia y Australia.

En el Cretácico Tardío la familia más grande de ornitópodos, Hadrosauridae (dinosaurios pico de pato), se convirtieron en los herbívoros dominantes en muchas partes del mundo. Algunos hadrosaurios no tenían cresta; éstos se localizan principalmente en América del Norte (*Anatosaurus, Hadrosaurus*), Asia (*Shantungosaurus*) y América del Sur (*Secernosaurus*). Sin embargo, los hadrosaurios más conocidos tenían varios tipos de crestas; estos incluyen un gran número de formas de América del Norte (*Corythosaurus, Lambeosaurus*) y Asia.

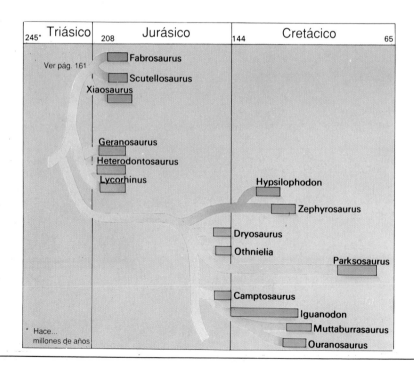

Anatosaurus

Parasaurolophus

Dryosaurus

Hypsilophodon

Heterodontosaurus

ORNITHOSUCHUS

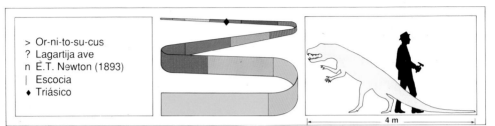

> Or-ni-to-su-cus
? Lagartija ave
n E.T. Newton (1893)
| Escocia
♦ Triásico

4 m

Los dinosaurios surgieron hace unos 230 millones de años como pequeños animales carnívoros que corrían sobre sus patas traseras. Sus antepasados se llaman tecodontios, y ese grupo incluye una variedad de formas que van de los primitivos *Proterosuchus* y *Erythrosuchus* a los activos *Parasuchus*, *Stagonolepis* y *Ticinosuchus*, que se hallan en la línea que conduciría a los cocodrilos, y *Euparkeria*, *Ornithosuchus* y *Lagosuchus*, que se encuentran en la línea de los dinosaurios. El *Ornithosuchus* fue un carnívoro de tamaño moderado que se alimentaba de otros tecodontios más pequeños, rincosaurios como el *Hyperodapedon* y reptiles parecidos a los mamíferos como el *Diademodon*. Ya se ve casi como un dinosaurio, pero no tiene la avanzada postura completamente erguida sobre las patas traseras. El *Ornithosuchus* probablemente podía correr sobre las patas traseras, pero la mayor parte del tiempo andaba en cuatro patas.

Ornithosuchus

OURANOSAURUS

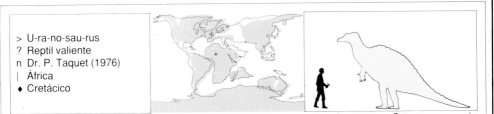

> U-ra-no-sau-rus
? Reptil valiente
n Dr. P. Taquet (1976)
| África
♦ Cretácico

7 m

El *Ouranosaurus* es uno de los dinosaurios más interesantes de África del Norte. Estaba emparentado con el *Iguanodon*, pero tenía una ancha aleta en el lomo. La aleta se sostenía con las espinas de la columna vertebral, una por cada vértebra. La aleta era de piel y debió tener muchos vasos sanguíneos. La aleta probablemente servía para que el *Ouranosaurus* mantuviera constante la temperatura corporal. Si el clima era muy cálido, podía perder calor a través de la aleta, si hacía frío, podía tomar calor del sol. Hay evidencias claras en los sedimentos donde se hallaron los huesos de que el *Ouranosaurus* vivía en condiciones templadas y secas. Otro dinosaurio con aleta fue el carnívoro *Spinosaurus*.

En casi todos los demás aspectos el *Ouranosaurus* fue muy parecido al *Iguanodon*, y es difícil distinguir huesos de uno y otro. El *Ouranosaurus* tenía manos más pequeñas, y la forma de la cabeza era ligeramente diferente, con el hocico más estrecho y la mandíbula más delgada.

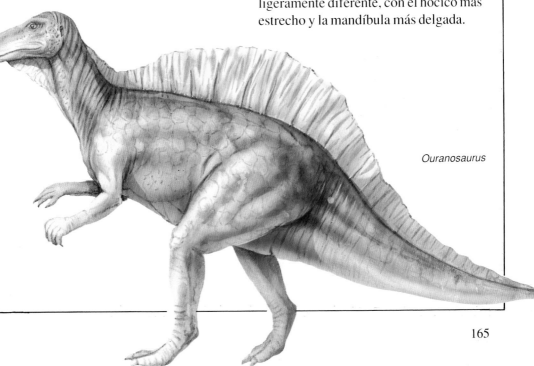

Ouranosaurus

OVIRAPTOR

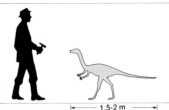

> O-vi-rrap-tor
? Ladrón de huevos
n Prof. H.F. Osborn (1924)
| Asia
♦ Cretácico

1.5-2 m

El *Oviraptor* fue un coelurosaurio de inusual tamaño pequeño. El primer esqueleto se encontró en 1923 sobre un nido de huevos de *Protoceratops*, y por esa razón se pensó que el *Oviraptor* se alimentaba de huevos. Tenía cabeza pequeña y un poderoso pico sin dientes que pudo estar cubierto por una vaina córnea, como el pico de las aves. También tenía una protuberancia ósea o cresta sobre el hocico. Las mandíbulas eran curvas, así que podía aplastar objetos duros. El *Oviraptor* tenía manos con tres dedos fuertes y garras largas que pudieron ser muy útiles para sujetar objetos. El *Oviraptor* pudo haberse alimentado de huevos, pero el fuerte pico sugiere que era capaz de romper huesos. Los parientes más cercanos del *Oviraptor* parecen haber sido el *Ornithomimus* y el *Struthiomimus*, pero sus cráneos eran mucho más estrechos que el del *Oviraptor*.

Oviraptor

OXYAENA

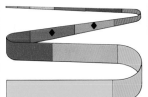

> O-xi-e-na
? Hiena aguda
n E.D. Cope (1874)
| Colorado, Wyoming (EU); Francia
♦ Paleoceno Eoceno

├─1 m ─┤

Los principales mamíferos carnívoros que vivieron al principio de la era de los mamíferos fueron creodontes como la *Oxyaena*. Estos animales probablemente se veían más bien como los gatos y perros salvajes modernos, pero no están directamente emparentados con sus formas modernas. Los creodontes eran más primitivos en varias características. Sus piernas, por ejemplo, eran más cortas, lo que significa que no podían correr tan rápido como los carnívoros modernos, y las muñecas y garras eran menos avanzadas. Las garras de los creodontes eran curiosas estructuras con forma de gancho hendido que en el animal vivo probablemente estuvo cubierto por una vaina córnea, como las garras de los carnívoros modernos. También tenía cinco dedos en cada pata, una característica primitiva comparada con los cuatro dedos de los gatos y perros modernos. Además, los creodontes probablemente tenían un pobre sentido del oído.

La *Oxyaena* tenía un cráneo parecido al del gato con el hocico corto y largos colmillos para desgarrar carne, así como molares con una forma triangular

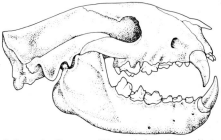

Cráneo de *Oxyaena* (22 cm de largo)

puntiaguda especialmente modificados para cortar carne y romper huesos. El cuerpo era largo y flexible y la cola larga. Las piernas cortas y las patas planas estaban mejor adaptadas para moverse rápidamente en el bosque, ocultándose entre los árboles, que para correr en pastizales abiertos.

La *Oxyaena* y sus parientes cercanos sólo se conocen en el Paleoceno y el Eoceno de América del Norte y Europa, donde cazaban herbívoros más pequeños como el *Hyracotherium*. Las presas más grandes correspondían a los mesoníquidos, enormes carnívoros de cráneo grande. Aunque la *Oxyaena* no era mayor que el glotón norteamericano, tenía parientes tan grandes como un oso.

PACHYCEPHALOSAURIA

La suborden Pachycephalosauria fue bautizada recientemente como un grupo de dinosaurios herbívoros bípedos con una gruesa bóveda craneana. La bóveda craneana podía tener hasta 25 centímetros de grosor, y por esa razón tal parte del animal se fosilizaba fácilmente. Muchos de los huesos de la cabeza sólo se conocen a partir de esas bóvedas, y estudios de detalle indican que se usaban para combates a topes. Aunque los paquicefalosaurios no tenían cuernos, ahora se piensa que cargaban unos contra otros como los carneros de hoy. La fuerza del golpe se amortiguaba en el grueso cráneo, que protegía al cerebro, pero debía extenderse a la columna vertebral, que también estaba especialmente reforzada. Los carneros machos y el ganado salvaje con frecuencia se enfrentan a topes para demostrar cuál es el más fuerte y, por ende, el líder de la manada. Esto podría decirnos algo acerca del comportamiento de los paquicefalosaurios. ¿Vivían en manadas de más o menos 20 animales, con un macho dominante como jefe?

Tal vez los paquicefalosaurios surgieron en el Cretácico Temprano de Europa (hay un solo ejemplar muy pobre del sur de Inglaterra), pero son muy conocidos en el Cretácico Tardío de América del Norte (*Pachycephalosaurus, Stegoceras*) y de Asia (*Goyocephale, Homalocephale*), con un notable descubrimiento nuevo en la isla de Madagascar, al oriente de la costa de África (*Majungatholus*).

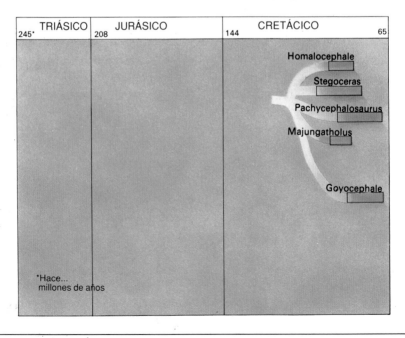

Pachycephalosaurus

Homalocephale

Stegoceras

PAKICETUS

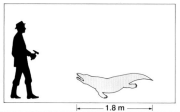

Pa-qui-ce-tus
? Ballena de Pakistán
n P.D. Gingerich y D.E.
Russell (1981)
| Pakistán
♦ Eoceno

1.8 m

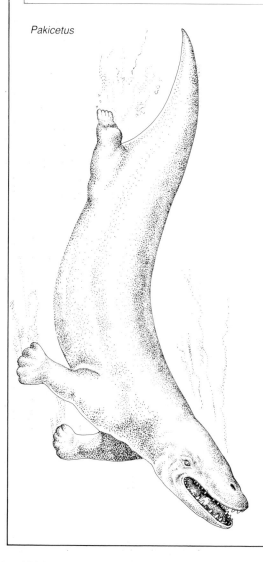

Pakicetus

Hasta hace poco las ballenas más antiguas que se conocían eran animales como el *Basilosaurus*, que eran muy grandes y poco parecidos a sus antepasados terrestres. El *Pakicetus*, una ballena mucho más antigua, se encontró en Pakistán en 1981, y ha proporcionado mucha información acerca de cómo se originaron las ballenas. Por desgracia, los restos del *Pakicetus* son escasos; sólo hay una bóveda craneana, algunos dientes y partes de la mandíbula inferior. Sin embargo, son suficientes para comprobar que era una ballena. El asunto importante es que los restos del cráneo y los dientes muestran semejanzas con los mesoníquidos. Por lo tanto, las ballenas tal vez surgieron a partir de ese grupo de carnívoros pesados parecidos a los perros.

El *Pakicetus* no estaba totalmente adaptado a la vida en el mar, como las ballenas modernas. La estructura del oído muestra que podía oír mejor en el aire que en el agua. La reconstrucción del *Pakicetus* que aquí se muestra es en gran parte imaginaria, pues sólo se conoce el cráneo. Se le pusieron patas con forma de aleta como las de las focas, pues es casi seguro que se movía tanto en tierra como en el mar.

PALAEOCASTOR

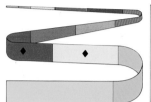

> Pa-lio-cas-tor
? Castor antiguo
n J. Leidy (1856)
| Nebraska (EU); Asia
♦ Oligoceno Mioceno

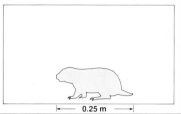

|← 0.25 m →|

Los castores son muy conocidos porque construyen presas con troncos. Dentro de las presas construyen cámaras confortables y pueden excavar la tierra. El *Palaeocastor* fue un notable castor especializado en excavar. Durante años, grandes estructuras cavadas en forma de tirabuzón de hasta 2.5 metros de profundidad en los suelos y arenas fósiles de Nebraska, Estados Unidos, intrigaron a los geólogos. Tales estructuras resultaron ser madrigueras construidas por el

Palaeocastor como refugio. Las paredes de las madrigueras fósiles muestran marcas que corresponden a los largos incisivos del *Palaeocastor*, por lo que se sabe que cavaba raspando con poderosos movimientos de la cabeza y luego probablemente arrojaba la tierra hacia atrás con las patas. La parte vertical de la madriguera tiene forma de tirabuzón y se usaba como una escalera espiral. Los animales vivían en la parte plana del fondo, que debe haber sido cálida y segura contra los carnívoros.

Paleocastor

Madriguera de *Paleocastor*

PARAMYS

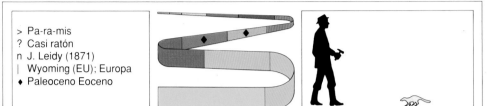

> Pa-ra-mis
? Casi ratón
n J. Leidy (1871)
| Wyoming (EU); Europa
♦ Paleoceno Eoceno

0.6 m

Paramys

Si se cuenta el número de ratas y ratones que viven en todas partes, probablemente el grupo de mamíferos más común sobre la tierra en nuestros días sea el de los roedores. Sin embargo, los roedores no son el grupo más antiguo de mamíferos modernos, puesto que surgieron hace sólo 55 millones de años. Uno de los primeros roedores fue el *Paramys*, un animal de tamaño moderado que probablemente se parecía un poco a las ardillas. El cuerpo es largo y flexible, y la larga cola bien pudo tener pelo esponjado en el animal vivo. Las manos y los pies tienen largas garras que tal vez se usaron para trepar a los árboles.

El *Paramys* muestra características primitivas en los dientes. Los roedores quizá deben su éxito al par de incisivos en forma de cincel; éstos se usan para roer la madera y otros materiales duros de las plantas, ¡además de las planchas de madera de las casas y la madera y las cuerdas de los barcos! El *Paramys* tenía esos notables dientes, pero estaban redondeados en lugar de tener forma de cincel y carecían de las características que les permiten a los roedores modernos afilar los dientes.

PARASAUROLOPHUS

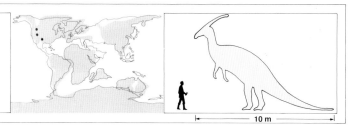

> Pa-ra-sau-ro-lo-fus
? Reptil con crestas
  paralelas
n Dr. W. Parks (1923)
| América del Norte
♦ Cretácico

10 m

El *Parasaurolophus* fue uno de los dinosaurios pico de pato más extraños. Tenía una larga cresta tubular que se curvaba hacia atrás a partir del hocico hasta una distancia de 1.8 metros. Esta cresta parece haber sido mucho más larga en los machos que en las hembras. Las fosas nasales estaban en su lugar normal, al frente del hocico, y tubos respiratorios corrían hasta la punta de la cresta y regresaban a la boca. Si se abre la cresta, se encuentran cuatro tubos, dos hacia arriba y dos hacia abajo. La cresta pudo ser un signo para que otros *Parasaurolophus* reconocieran a los miembros de su propia especie. Si el *Parasaurolophus* soplaba fuerte, podía producir un graznido o un mugido dentro de la cresta.

El *Parasaurolophus* tenía fuertes brazos, que probablemente usaba para caminar y para nadar. La cola era larga y aplanada de lado a lado. Pudo haberla usado para nadar moviéndola hacia los lados.

Parasaurolophus

173

PELOROSAURUS

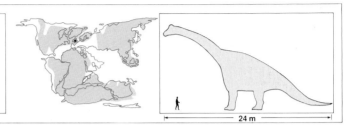

> Pe-lo-ro-sau-rus
? Reptil grande
n Dr. G.A. Mantell (1850)
| Inglaterra
♦ Jurásico

24 m

El *Pelorosaurus* fue un animal enorme emparentado con el *Brachiosaurus* y el *Supersaurus*. Quizá tuvo una armadura de pequeñas placas (de 1 a 3 centímetros de diámetro) bajo la piel. El nombre le fue dado en 1850 por Gideon Mantell (quien también bautizó al *Iguanodon* y al *Hylaeosaurus*) a partir de un hueso parcial del brazo encontrado en Sussex, al sur de Inglaterra. Desde entonces, docenas de restos de saurópodos de la misma época han recibido el nombre de *Pelorosaurus* (unas 20 especies en total).

Un problema común es que mientras más pobres sean unos restos, más nombres reciben. Los restos de *Pelorosaurus* incluyen unos cuantos dientes, huesos del brazo y de la pierna, huesos sueltos de la columna vertebral, costillas y varios fragmentos encontrados en docenas de lugares diferentes del sur de Inglaterra. Los nombres que se dieron a esos ejemplares entre 1850 y 1900 incluyen *Chondrosteosaurus*, *Dinodocus*, *Eucamerotus*, *Gigantosaurus*, *Hoplosaurus*, *Ischyrosaurus*, *Morinosaurus*, *Neosodon*, *Oplosaurus* y *Ornithopsis*. Estudios posteriores muestran que es más probable que todas esas piezas sueltas sean de una sola especie de saurópodo gigante que vivió en el sur de Inglaterra en el tiempo del *Iguanodon* y del *Baryonix*.

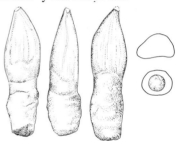

Tres vistas y dos cortes de un diente de *Pelorosaurus*. El diente se halló en la isla de Wight, al sur de Inglaterra (8.5 cm de largo).

PENTACERATOPS

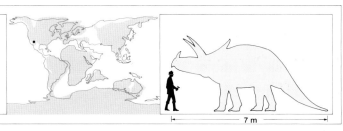

> Pen-ta-ce-ra-tops
? Cara con cinco cuernos
n Dr. H.F. Osborn (1923)
| América del Norte
♦ Cretácico

7 m

El *Pentaceratops* tenía más cuernos, cinco en total, que los otros dinosaurios cornudos. Tenía uno en el hocico, uno sobre cada ojo y uno en cada mejilla, en el fondo del collar. De hecho, sólo tres de ellos son cuernos reales: las ''espinas'' de las mejillas se encuentran en todos los ceratópsidos, pero son un tanto más grandes de lo normal en el *Pentaceratops*. Ese juego de cuernos se usaba como defensa contra los dinosaurios carnívoros. También es probable que los usara como advertencia. El collar era muy largo, y la orilla del cuello mostraba protuberancias debido a puntas de hueso que se hallaban en el borde. El *Pentaceratops* estaba emparentado con el *Anchiceratops* y el *Torosaurus*, y debió alcanzar los 7 metros de largo.

Pentaceratops

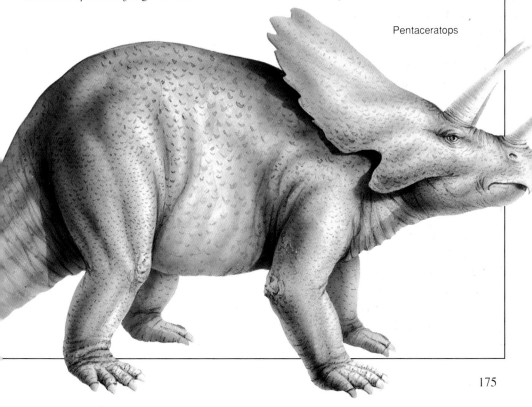

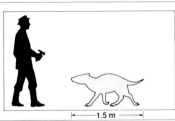

PHENACODUS

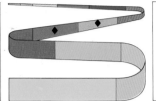

> Fe-na-co-dus
? Diente impostor
n E.D. Cope (1873)
| Wyoming, Colorado (EU);
 Francia
♦ Paleoceno Eoceno

1.5 m

Phenacodus

Si se viajara en el tiempo hasta hace 60 millones de años, al Paleoceno Tardío de América del Norte, se verían pequeñas manadas de un animal parecido al caballo. Ese era el *Phenacodus*. Tenía el tamaño aproximado de una oveja, con patas cortas, un cuerpo largo y bajo y una pequeña cabeza. No obstante, tenía anchos dientes que sobresalían y muestran que se alimentaba de plantas, aun cuando era más pequeño y lento que un caballo moderno. El *Phenacodus* no era un caballo, aunque debió estar cerca de los antepasados de los caballos primitivos, como el *Hyracotherium*. El *Phenacodus* por lo general se ubica en el grupo llamado ''condilartos'', y esos animales posiblemente se hallan cerca de los orígenes de la mayor parte de los grandes mamíferos herbívoros de hoy. El *Phenacodus* es primitivo en comparación con los verdaderos caballos, dado que aún tenía cinco dedos y podía doblar los pies de lado a lado. Esto sugiere que podía correr esquivando los árboles, e incluso trepar un poco, mientras que los caballos verdaderos están adaptados para correr en suelos planos. Además, el *Phenacodus* tenía patas más cortas que las de un caballo y su cola era mucho más larga, ya que debía usarse para el equilibrio. Finalmente, el *Phenacodus* tenía una pequeña cabeza con un minúsculo cerebro.

PHORUSRHACOS

> Fo-rus-rra-cos
? Harapiento
n F. Ameghino (1891)
| Patagonia
♦ Mioceno

1.5 m

Durante mucho tiempo, los carnívoros más exitosos de América del Sur fueron aves gigantes como el *Phorusrhacos*. Esta enorme ave, casi tan alta como un humano adulto, tenía largas y poderosas patas que estaban adaptadas para correr velozmente, y probablemente podía seguir el paso de un caballo de carreras moderno. El *Phorusrhacos* tenía minúsculas alas que no servían para volar, pero que pudieron usarse para mantener el equilibrio. Su pico era tosco, y posiblemente tan fuerte como para romper huesos. Es probable que el *Phorusrhacos* se alimentara de los exitosos mamíferos herbívoros de América del Sur, pequeños parientes del *Nostotylops* y del *Toxodon*. Los parientes del *Phorusrhacos* vivieron hasta hace unos tres millones de años, y algunos de ellos llegaron hasta América del Norte. El *Phorusrhacos* se parece un poco al *Diatryma*, pero aparentemente esos dos grupos de aves gigantes carnívoras surgieron separadamente.

Phorusrhacos

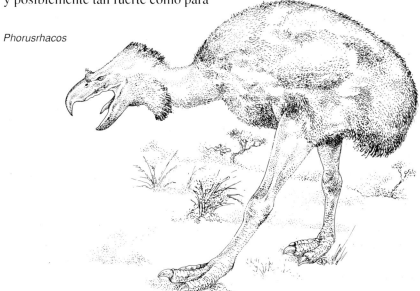

PIATNITZKYSAURUS

> Piat-nitz-qui-sau-rus
? Reptil de Piatnitzky
n Dr. J.F. Bonaparte (1979)
| Argentina
♦ Jurásico

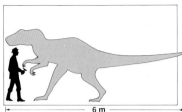

6 m

El *Piatnitzkysaurus* se conoce a partir de un esqueleto casi completo y algunas otras piezas que se colectaron en expediciones en el norte de Argentina en 1977, 1982 y 1983. El cráneo no se conoce muy bien, pero puede apreciarse que el *Piatnitzkysaurus* tenía dientes largos y puntiagudos de carnívoro, como los del *Allosaurus*, un dinosaurio de América del Norte del mismo período. El *Piatnitzkysaurus* tenía poderosas patas traseras y brazos más cortos, por lo que probablemente andaba erguido sobre sus patas

traseras. Tenía cuatro dedos en las patas y quizá tres en las manos, como el *Allosaurus*, pero se desconoce por completo la mano del *Piatnitzkysaurus*. Muchas de las características del cráneo y del esqueleto muestran que este nuevo carnosaurio argentino es muy semejante al *Allosaurus*.

Piatnitzkysaurus

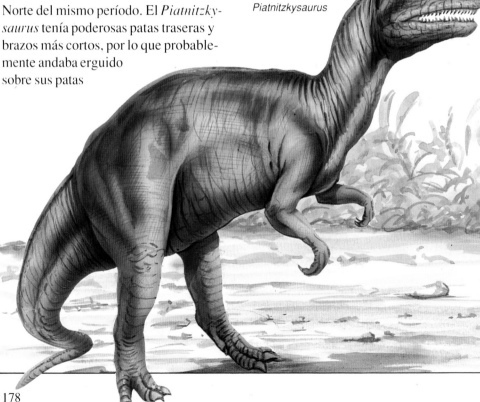

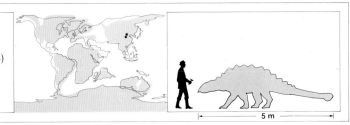

PINACOSAURUS

> Pi-na-co-sau-rus
? Reptil tabla
n Dr. C.W. Gilmore (1933)
| Mongolia
♦ Cretácico

5 m

El *Pinacosaurus* fue un dinosaurio con armadura grande y ligero. Tenía un pico redondeado y la parte superior del cráneo estaba cubierta con pequeñas placas óseas. El esqueleto de un joven *Pinacosaurus* muestra que éstas al principio estaban separadas y gradualmente se soldaban para formar una sólida y pesada capa de hueso en el adulto. Los ojos estaban colocados muy atrás y los dientes eran muy pequeños. El *Pinacosaurus* es notable por un par de aberturas cerca de las fosas nasales, cuyo propósito se desconoce. La parte frontal del cráneo se curvaba hacia abajo para formar un pico puntiagudo como de perico.

El *Pinacosaurus* estaba relacionado con el *Ankylosaurus* y tenía 5 metros de largo. Sus restos se colectaron en Mongolia en la década de 1920, durante las expediciones del Museo de Historia Natural de Nueva York.

Cráneo de *Pinacosaurus* (53 cm de ancho)

PLATEOSAURUS

> Pla-teo-sau-rus
? Reptil plano
n Dr. H. von Meyer (1837)
| Europa
♦ Triásico

6-8 m

El *Plateosaurus* es el más común de los prosaurópodos primitivos conocidos. Docenas de esqueletos de este animal de 8 metros de largo han sido colectados en Europa central (en Alemania, Francia y Suiza) en más de 50 lugares diferentes. Algunos de ellos están bellamente conservados.

El *Plateosaurus* tenía un cráneo muy largo y ligero, con pequeños dientes en forma de hoja espaciados a lo largo de las mandíbulas. Tenía cuello considerablemente largo y fuertes patas. El *Plateosaurus* tenía manos anchas con una gran garra curva en el pulgar, que tal vez sirvió para arrancar hojas para comer. Posiblemente se movía en cuatro patas y se elevaba sobre sus patas traseras para alimentarse en los árboles. Algunos científicos han sugerido recientemente que el *Plateosaurus* pudo alimentarse de carne, pero eso es poco probable.

Plateosaurus

PLESIOSAURUS

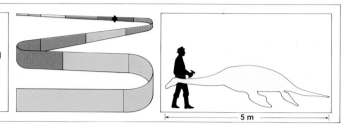

> Ple-sio-sau-rus
? Reptil cinta
n W.D. Conybeare (1821)
| Alemania; Inglaterra
♦ Jurásico

5 m

Los primeros ejemplares de reptiles fósiles que los científicos vieron eran de plesiosaurios. Esqueletos fósiles del *Plesiosaurus* mismo salieron a la luz en las costas de Yorkshire y Dorset, en Inglaterra, hace más de 200 años, antes que se reconocieran los primeros dinosaurios. Mary Anning, la primera colectora profesional de fósiles, encontró entre 1800 y 1820 algunos excelentes esqueletos que causaron sensación cuando los científicos de entonces los vieron en Londres y Bristol. Algunos de ellos los vendió a varios museos británicos por grandes sumas de dinero. El *Plesiosaurus* tiene largo cuello y cabeza pequeña, como el *Cryptocleidus* y el *Elasmosaurus*, sus parientes más evolucionados. Sus brazos y sus piernas son largas aletas que usaba para impulsarse en el agua mientras pescaba en los bancos de peces.

Plesiosaurus

PLEUROSAURUS

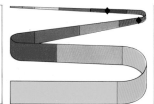

> Pleu-ro-sau-rus
? Reptil costilla
n H. von Meyer (1831)
| Alemania
♦ Jurásico Cretácico

~0.6 m~

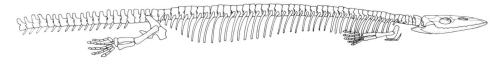

Esqueleto de *Pleurosauru*

Los pleurosaurios fue un grupo de reptiles poco comunes que adoptaron la vida marina hace unos 200 millones de años y vivieron durante unos 75 millones de años. Se alimentaban con pequeños peces al lado de los ictiosaurios y los plesiosaurios. El *Pleurosaurus*, el ejemplo mejor conocido, tenía un largo cuerpo con hasta 57 vértebras, y una larguísima cola hasta del doble del tamaño del cuerpo. Las patas eran cortas y se ensanchaban un poco como aletas. Sin embargo, el *Pleurosaurus* nunca se convirtió en un animal totalmente acuático, ya que sus patas todavía podían usarse para caminar lentamente en tierra, aun cuando en las formas posteriores se volvieron minúsculas. Al parecer los *Pleurosaurus* nadaban agitando a los

lados su larga cola, y usaban las patas para controlar la dirección. La cabeza no es común, pues es larga y aplanada, y los dientes se distribuyen en zig-zag, como en un serrucho y están firmemente soldados a las mandíbulas.

Los parentescos de los pleurosaurios han sido difíciles de establecer. Sin embargo, el descubrimiento de un ejemplar del Jurásico Temprano parece ser una especie de ``eslabón perdido'' entre las tuataras, entre ellas el *Clevosaurus* y los pleurosaurios.

Es probable que las tuataras, importantes insectívoros y herbívoros parecidos a las lagartijas del Triásico Tardío, dieron origen también a un grupo de nadadores.

PLIOHIPPUS

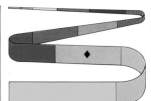

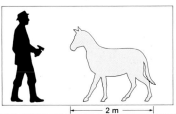

> Plio-i-pus
? Caballo más grande
n J. Leidy (1869)
| California, Texas (EU)
♦ Mioceno

⊢——— 2 m ———⊣

Uno de los últimos en la gran línea de evolución de los caballos fue el *Pliohippus*, un caballo que se extinguió hace unos cinco millones de años. El *Pliohippus* evolucionó en América del Norte hace unos 15 millones de años. Fue el primer caballo en tener un solo dedo en cada pata. Los caballos más primitivos sólo tocaban el suelo con un dedo, pero aún tenían dos dedos laterales en forma de pequeñas sobrecañas. El *Pliohippus* era ligeramente más pequeño que los caballos modernos, y sus dientes no estaban tan profundamente enraizados. Es una forma importante puesto que se extendió por América del Norte y dio lugar a una forma que invadió América del Sur (y que ya se extinguió) y al verdadero caballo moderno que se extendió por el mundo y fue domesticado más tarde por los humanos.

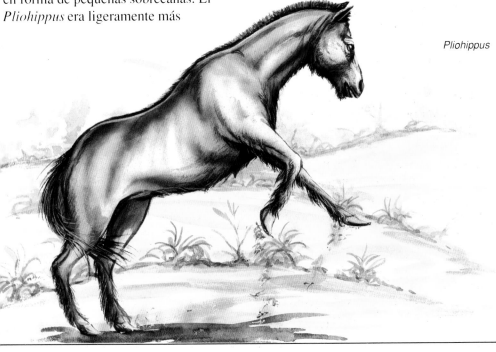

Pliohippus

POEBROTHERIUM

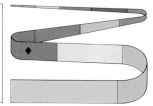

> Pibroterium
? Bestia que se alimenta de pasto
n J. Leidy (1847)
| Nebraska, Dakota del Sur (EU)
♦ Oligoceno

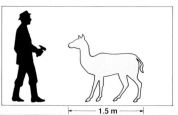

1.5 m

Los camellos de ahora son un pequeño grupo, que incluye los de una y dos jorobas de África y Asia, así como a las llamas y vicuñas de América del Sur. En el Mioceno, entre hace 25 y 5 millones de años, eran un exitoso grupo extendido por todo el mundo. Uno de los camellos más antiguos fue el *Poebrotherium*, un animal del tamaño de una cabra, con patas largas y esbeltas y cuello largo, como en las formas actuales. Las patas largas y los pies pequeños muestran que el *Poebrotherium* era un veloz corredor. Los pies tenían pequeños cascos en los dos dedos, pero tales cascos se perdieron en la evolución del camello y fueron sustituidos por anchos cojinetes, característica que les permite caminar en la arena blanda. El *Poebrotherium* tenía mandíbulas largas y los dientes frontales sobresalían un poco, como en los camellos modernos, lo que les permitía morder plantas en lugares muy cercanos a la raíz.

Poebrotherium

PROCONSUL

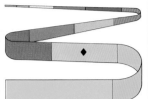

> Pro-con-sul
? Antes del cónsul
n A.T. Hopwood (1933)
| Kenya
♦ Mioceno

Los monos sin cola pudieron haber surgido hace unos 30 millones de años, con una forma como el *Aegyptopithecus*, pero se extendieron hasta el Mioceno, unos 15 millones de años después. El primer esqueleto de *Proconsul* se encontró hace más de 100 años en Francia, y se bautizó así como referencia al chimpancé Cónsul, que se exhibía entonces en Londres. El *Proconsul* y sus parientes surgieron en África, pero se extendieron en gran parte del Medio Oriente, el sur de Europa y en Asia hasta Pakistán y China. El *Proconsul* es aproximadamente del tamaño del mono resus moderno, y podía caminar en la tierra, o entre las ramas bajas, en cuatro patas. Se alimentaba con hojas y frutas.

Proconsul

PROSAUROPODA

La infraorden Prosauropoda se integra como una selección de dinosaurios de tamaños mediano y grande y que pertenecen al Triásico Tardío y al Jurásico Temprano. Todos muestran que evolucionaron de antepasados de dos patas.

Prosauropoda fue el segundo grupo importante de dinosaurios que apareció después de Coelurosauria. Algunos de los primeros dinosaurios llamados ''prosaurópodos'', como el *Ischisaurus* y el *Staurikosaurus*, ambos de América del Sur, probablemente no fueron prosaurópodos, sino dinosaurios primitivos que fueron predecesores de todas las formas posteriores. Tres familias de auténticos prosaurópodos surgieron en el Triásico Tardío. Primero cobró importancia la relativamente pequeña familia de anquisáuridos, como el *Anchisaurus* de América del Norte y África del Sur y el *Thecodontosaurus* de Europa. Después la gran familia de los plateosáuridos adquirió mayor importancia, con formas como el *Plateosaurus* en Europa, el *Lufengosaurus* en Asia, el *Massospondylus* en África del Sur, y posiblemente también el *Ammosaurus* de América del Norte y el *Mussaurus* de América del Sur. Los prosaurópodos más grandes, los melanorosáuridos, vivieron sobre todo en el Jurásico Temprano del sur de África (*Euskelosaurus, Melanorosaurus, Vulcanodon*), con posibles parientes en América del Sur y China. Estos animales fascinantes aún no se conocen bien: la mayor parte de los restos consisten en huesos de las patas y poco se sabe de los cráneos.

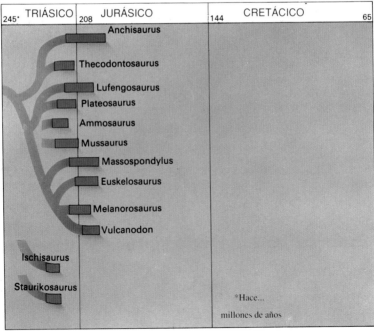

TRIÁSICO	JURÁSICO	CRETÁCICO
245*	208	144 · · · 65

Anchisaurus

Thecodontosaurus

Lufengosaurus

Plateosaurus

Ammosaurus

Mussaurus

Massospondylus

Euskelosaurus

Melanorosaurus

Vulcanodon

Ischisaurus

Staurikosaurus

*Hace...
millones de años

Lufengosaurus

Plateosaurus

Melanorosaurus

Anchisaurus

PROTOCERATOPS

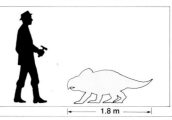

> Pro-to-ce-ra-tops
? Primera cara con cuerno
n Drs. W. Granger y W.K.
  Gregory (1923)
| Mongolia
♦ Cretácico

1.8 m

El *Protoceratops* es el más conocido de los dinosaurios cornudos primitivos. Se colectaron muchos esqueletos en 1922 durante la expedición estadounidense en Mongolia. Algunos se encontraron con nidos completos de huevos, uno de los primeros ejemplos de cómo los dinosaurios se reproducían. Había esqueletos de bebés *Protoceratops*, algunos en el interior de los huevos aún sin eclosionar. El *Protoceratops* adulto medía 1.8 metros de largo; los bebés medían 30 centímetros de largo.

El *Protoceratops* tenía un pico puntiagudo y un pequeño collar. No tenía cuernos, al contrario de los ceratopsios posteriores, pero presentaba gruesas secciones de hueso sobre el hocico y debajo de los ojos. Estaba cercanamente emparentado con el *Leptoceratops*. Con frecuencia se afirma que el *Protoceratops* es una forma primitiva de los dinosaurios cornudos posteriores. Aunque caminaba en cuatro patas, tenía las patas traseras muy largas, lo que indica que alguna vez anduvo en dos patas, como el *Psittacosaurus.*

Protoceratops

PROTOROSAURUS

> Pro-to-ro-sau-rus
? Reptil muy primitivo
n C.M. Spencer (1750)
| Alemania
♦ Pérmico

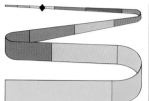

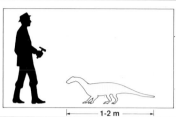

1-2 m

Esqueleto de *Protorosaurus* (1-2 m de largo)

Los reptiles diápsidos, que hoy incluyen a las lagartijas, serpientes y cocodrilos, surgieron hace unos 310 millones de años. Hay un gran hueco en su historia fósil, precisamente en los 30 millones de años del Pérmico Temprano, del que no se sabe casi nada del grupo. Luego, en el Pérmico Tardío, apareció gran variedad de reptiles diápsidos, incluyendo insectívoros de tamaño moderado como el *Protorosaurus* y el *Youngina*, nadadores como el *Claudiosaurus* y planeadores como el *Weigeltisaurus.*

El *Protorosaurus* se conoce a partir de algunos esqueletos de Europa central: de hecho, fue uno de los primeros hallazgos de reptiles fósiles, pues el primer ejemplar se colectó por 1750. El *Protorosaurus* era del tamaño de las lagartijas modernas más grandes, y los científicos pensaron que estaba estrechamente emparentado con el antepasado de las lagartijas. Otros pensaron que tenía que ver con el origen de los reptiles marinos como los ictiosaurios y los plesiosaurios. Sin embargo, parece más estrechamente relacionado con los antepasados de los dinosaurios y los cocodrilos que con las lagartijas y los reptiles marinos.

El *Protorosaurus* tenía un largo cuello, debido sobre todo a que las vértebras del cuello eran largas y a que tenía un buen número de ellas. Las patas son largas y delgadas, como en el *Prolacerta*, y las patas traseras eran mucho más largas, lo que sugiere que el *Protorosaurus* probablemente era capaz de erguirse a veces. Posiblemente se alimentaba con insectos y pequeños reptiles.

PROTOSUCHUS

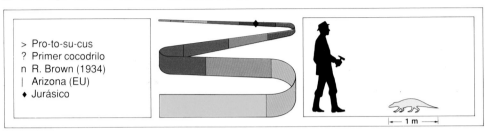

> Pro-to-su-cus
? Primer cocodrilo
n R. Brown (1934)
| Arizona (EU)
♦ Jurásico

Los primeros cocodrilos aparecieron durante el Triásico Tardío, hace unos 225 millones de años, pero de haberlos visto no se hubiera pensado que estuvieran emparentados con los cocodrilos modernos. Probablemente se parecían más a los dinosaurios, pues eran pequeños insectívoros que vivían en tierra y con frecuencia corrían sobre las patas traseras. Sin embargo, el grupo se transformó en acuático y piscívoro en el Jurásico Temprano, hace unos 205 millones de años, y tuvo cierto éxito al hacerlo. El primer cocodrilo ``verdadero'' fue el

Protosuchus. Aún tenía las patas largas de sus antepasados, y las patas traseras eran mucho más largas que las delanteras, lo que muestra que surgió de un animal bípedo. El cráneo es corto, y no del todo adaptado a la alimentación con peces; el *Protosuchus* probablemente se alimentaba con animales terrestres del tamaño de una lagartija, como las tuataras, los reptiles parecidos a los mamíferos que aún sobrevivían e incluso mamíferos. El *Protosuchus* está cubierto por una armadura de pequeñas placas óseas cuadradas sobre la piel.

Protosuchus

PSITTACOSAURUS

> Si-ta-co-sau-rus
? Reptil loro
n Dr. H.F. Osborn (1923)
| Asia
♦ Cretácico

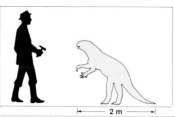

2 m

El *Psittacosaurus* es un animal interesante: parece ser en parte ornitópodo y en parte dinosaurio cornudo. El *Psittacosaurus* tenía largas patas traseras y brazos cortos, por lo que probablemente caminaba erguido como el *Iguanodon*. Sin embargo, el cráneo era un poco como el de los ceratopsios primitivos (el *Leptoceratops*, por ejemplo). El *Psittacosaurus* tenía pico córneo, un tosco hocico corto, mandíbula grande y un pequeño collar en la parte posterior, con espinas cortas que apuntaban hacia atrás. Una especie tiene un cuerno en la nariz.

Los primeros ejemplares, dos esqueletos incompletos, fueron colectados por las expediciones estadounidenses en Mongolia entre 1922 y 1925. Originalmente se les llamó *Psittacosaurus* y *Protiguanodon*, pero se ha demostrado que ambos esqueletos pertenecen a la misma forma.

Psittacosaurus

191

PTERANODON

> Te-ra-no-don
? Alado y sin dientes
n O.C. Marsh (1876)
| Wyoming (EU)
♦ Cretácico

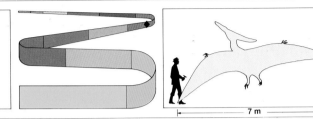

7 m

Pteranodon

Los pterosaurios, reptiles voladores, dominaron los cielos durante buena parte de la era de los dinosaurios, y entre ellos uno de los más espectaculares fue el *Pteranodon*. Este monstruoso animal era mucho mayor que los pterosaurios primitivos, como el *Dimorphodon*, pero más pequeño que el *Quetzalcoatlus*, una forma descubierta recientemente. Se han encontrado fósiles de *Pteranodon* en numerosas partes del medio oeste de Estados Unidos, y algunos están muy completos. Esto es una sorpresa, pues los huesos eran huecos y muy delicados, aun en un gigante como el *Pteranodon*. Los esqueletos muestran que la envergadura de las alas medía siete metros, mucho más que la de cualquier ave conocida, ya sea viva o extinta. El *Pteranodon* pudo ser capaz de aletear, pues tenía todas las articulaciones y músculos necesarios. Aunque las alas del *Pteranodon* hubieran alcanzado el ancho de una casa, el cuerpo probablemente sólo pesaba 17 kilogramos, el peso de un niño de dos o tres años.

PURGATORIUS

> Pur-ga-to-rius
? Purificado
n L. Van Valen y R. Sloan (1965)
| América del Norte
♦ Cretácico Paleoceno

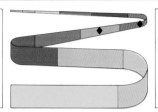

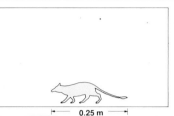

0.25 m

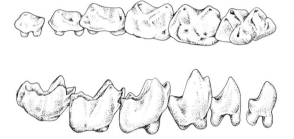

Dientes de *Purgatorius*, un primate primitivo.

Los humanos pertenecen a la orden de mamíferos Primates (que significa "primero"). Este grupo incluye a los monos con y sin cola y a formas primitivas como los lemures, los loris y los tarseros. Los primates en realidad fueron uno de los primeros grupos de mamíferos modernos que sobresalieron.

Un solo diente del Cretácico Tardío de Montana, Estados Unidos, ha sido identificado como *Purgatorius*; si ello es correcto, mostraría que los primeros animales parecidos a los lemures, nuestros antepasados más distantes, ya existían en la época de los dinosaurios. Por supuesto no se puede pensar en cavernícolas en los días de los dinosaurios, ¡pero al menos los primates más antiguos pudieron ver un dinosaurio!

El *Purgatorius* no era rival para ningún dinosaurio. Era un animal pequeño que probablemente se parecía a una ardilla, como sugieren los restos de sus parientes cercanos del Paleoceno y el Eoceno. De ellos hay cráneos completos que muestran características clave de los primates, como los ojos grandes (que necesitaban para ver de noche) y el gran cerebro. Los pequeños dientes muestran que el *Purgatorius* se alimentaba con una dieta mixta de pequeños animales, hojas y frutas. Debe haber vivido sobre todo de insectos, a los que capturaba moviéndose silenciosamente entre las ramas de los árboles. Probablemente ahí se hallaba a salvo de los carnívoros, y dependía de su pequeño tamaño y de sus hábitos huraños para protegerse.

PYROTHERIUM

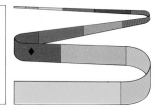

> Pi-ro-te-rium
? Bestia de fuego
n F. Ameghino (1889)
| Argentina
♦ Oligoceno

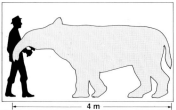

4 m

Algunos de los mamíferos fósiles de América del Sur eran muy extraños, pues evolucionaron aislados del resto del mundo. El *Pyrotherium* es un buen ejemplo, ya que probablemente se veía como un elefante primitivo en algunos aspectos, pero tenía muchas características extrañas propias.

El nombre ''bestia de fuego'' se refiere al hecho de que se encontró en un lecho de antiguas cenizas volcánicas que cubrieron los huesos. El *Pyrotherium* fue un animal grande con piernas en forma de columna para soportar su peso. Se alimentaba con vegetales, como muestran los amplios molares, y tenía *seis* colmillos, no dos como los elefantes modernos ni cuatro como algunas formas fósiles. Los colmillos eran cortos y en forma de cincel, y pudo haberlos usado para excavar la tierra en busca de bulbos y raíces.

Pyrotherium

QUETZALCOATLUS

> Quet-zal-coa-tlus
? A partir del nombre del
  dios azteca Quetzacóatl
n D.A. Lawson (1975)
| Texas (EU)
♦ Cretácico

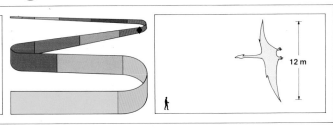

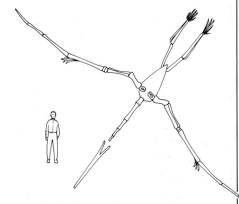

12 m

Por mucho tiempo el *Pteranodon* se consideró el más grande de los pterosaurios, o reptiles voladores, conocido por la ciencia. Sin embargo, en 1975 se colectaron unos huesos enormes en Texas, y con claridad procedían de un pterosaurio aun más grande que el *Pteranodon*. Los huesos incluían la mandíbula inferior, algunas vértebras del cuello, el hueso de la parte superior de un brazo y otras partes del esqueleto. El hueso del brazo da una idea general del tamaño del ala, aun

Esqueleto de *Quetzalcoatlus* que muestra su enorme tamaño comparado con el de un hombre.

cuando el ala completa no se ha hallado. Al principio los científicos estimaron que *Quetzalcoatlus* tenía una envergadura de 20 metros o más, el tamaño de un avión pequeño, pero la cifra real es probablemente de "sólo" 11 o 12 metros. Sin lugar a dudas se trata del animal volador más grande que jamás haya vivido. Cada ala era tan larga como un autobús y se ha estimado que el cuerpo pesaba sólo 50 kilogramos, el peso de un hombre pequeño. Esto se debe a que se requieren alas enormes para elevar del suelo aun un cuerpo ligero; y el *Quetzalcoatlus* era cinco veces más grande que las aves más grandes conocidas.

EVOLUCIÓN DE LOS REPTILES

La importancia de los anfibios decayó durante el período Pérmico, entre hace 286 y 245 millones de años, debido al surgimiento de los reptiles. Los reptiles actuales incluyen lagartijas, serpientes, cocodrilos y tortugas, pero su pasado es más espectacular. Deben su éxito a su habilidad para poner huevos en tierra.

Los anfibios tienen que poner sus huevos en el agua (piénsese en los huevos de rana). Los huevos de reptil, sin embargo, tienen un cascarón duro, como los de las aves, lo que impide que se sequen. Esto permitió a los reptiles primitivos, que surgieron en el Carbonífero, evolucionar en muchas direcciones nuevas que a los anfibios estaban vedadas. Así lograron alejarse de las orillas de los lagos y de los bosques pantanosos rumbo a las tierras altas. Los reptiles del Pérmico incluyen a los que tenían aleta en el lomo, el *Dimetrodon* y el *Edaphosaurus*, y otros reptiles parecidos a los mamíferos posteriores como el *Moschops*, el *Estemmenosuchus* y el *Sauroctonus*.

Había animales pequeños parecidos a las lagartijas como el *Youngina*, monstruos como el *Scutosaurus* e incluso planeadores como el *Weigeltisaurus*.

En el Triásico (hace entre 245 y 208 millones de años) los reptiles parecidos a los mamíferos decayeron y dieron lugar

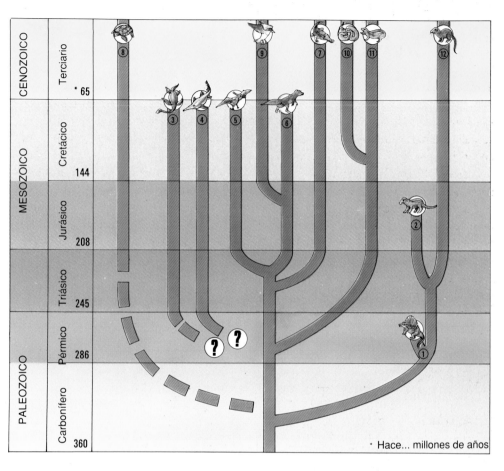

a los mamíferos. Surgieron nuevos grupos que incluían a los antepasados de los cocodrilos y de los dinosaurios, animales como el *Erythrosuchus*, el *Stagonolepis* y el *Ticinosuchus*. Nuevos grupos de reptiles surgieron al final del Triásico: tortugas, cocodrilos, los antepasados de las lagartijas, los pterosaurios y los dinosaurios. Durante la era de los dinosaurios (períodos Jurásico y Cretácico, hace entre 208 y 66 millones de años), los pterosaurios

La evolución de los reptiles		
1	Aletas en el lomo	7 Cocodrilos
2	Reptiles parecidos a los mamíferos	8 Tortugas
3	Plesiosaurios	9 Aves
4	Ictiosaurios	10 Serpientes
5	Pterosaurios	11 Lagartijas
6	Dinosaurios	12 Mamíferos

volaban en el cielo y los ictiosaurios y los plesiosaurios nadaban en los mares. Todos ellos se extinguieron al inicio de la era de los mamíferos.

RAMAPITHECUS

> Ra-ma-pi-te-cus
? Mono Rama
n G.E. Pilgrim (1910)
| Turquía; India; Pakistán;
  Kenya
♦ Mioceno Plioceno

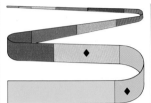

1.2 m

Todas las primeras etapas en la evolución de los monos sin cola y los humanos tuvieron lugar en África. El mono sin cola más antiguo, *Aegyptopithecus*, se remonta hasta hace unos 30 millones de años, y múltiples líneas de monos sin cola surgieron en el Mioceno, entre ellos el *Proconsul* y el *Ramapithecus*. Si se pudiera viajar al oriente de África de hace unos 10 o 15 millones de años, se encontrarían docenas de especies de monos viviendo en los bosques y las sabanas abiertas. Los ejemplares más antiguos de *Ramapithecus* son de África, pero al parecer este mono sin cola pronto

Cráneo de *Ramapithecus*. Este primate estaba estrechamente emparentado con los homínidos primitivos.

se extendió a muchas partes del mundo, entre ellas el sur de Europa, el Medio Oriente, India, el sur de Asia y China. Esta gran distribución de los monos primitivos sólo pudo suceder en el Mioceno Medio, hace unos 13 millones de años, pues África había sido una isla hasta entonces. En esa época una estrecha faja de tierra se formó entre Egipto y Arabia, y los animales podían entrar y salir de África. Hasta la década de 1980, sólo se conocían los dientes y la mandíbula del *Ramapithecus*.

Tales piezas parecían ser "eslabones perdidos" entre los dientes y las mandíbulas de los monos sin cola y los humanos modernos, y caer en la línea humana. Entonces, en 1983 se encontraron ejemplares más completos en India, e incluían un cráneo. Éste mostraba una gran mandíbula estrecha, dientes largos, un hocico largo como de mono y una cavidad craneana relativamente pequeña. Evidentemente el *Ramapithecus* no era una forma humana primitiva, sino que ahora parecía caer cerca del principio de la línea que condujo a los orangutanes, monos que hoy viven en el sureste de Asia. Las características "humanas" de los dientes deben contemplarse como desarrollos paralelos. ¡Esto demuestra la importancia de encontrar fósiles completos!

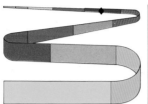

RHAMPHORHYNCHUS

> Ram-fo-rrin-cus
? Hocico curvo
n H. von Meyer (1847)
| Tanzania; Alemania
♦ Jurásico

0.2 m

La mayor parte de los primeros ptero-saurios, como el *Dimorphodon* y el *Rhamphorhynchus*, pertenecen a un grupo primitivo llamado ramforrincoi-des. Tenían cola larga y no poseían las especializaciones de la columna verte-bral y de las patas de los posteriores pte-rodáctilos. Tampoco alcanzaron el gran tamaño de formas posteriores como el *Pteranodon* y el *Quetzalcoatlus*. El *Rhamphorhynchus* alcanzaba el tamaño de una gaviota y tenía alas largas y angostas de piel tensada sobre el larguísimo cuarto dedo de la mano.

Muchos de los fósiles están bien con-servados, pues se hallaron en la misma veta del *Archaeopteryx*, y muestran que el *Rhamphorhynchus* estaba cubierto por pelo. También muestran la forma de las alas, la presencia de una bolsa de piel en la garganta (¿para guardar peces como los pelícanos?) y una veleta cuadrada al final de la cola. Usaba la cola para controlar la dirección del vuelo.

Rhamphorhynchus

SALTOPUS

> Sal-to-pus
? Pie saltador
n Dr. F. von Huene (1910)
| Escocia
♦ Triásico

60 cm

El *Saltopus* es uno de los dinosaurios más antiguos que se conocen. Se le bautizó en 1910 a partir de un pequeño esqueleto que se encontró en una cantera de arenisca. El *Saltopus* fue un pequeño y ágil animal de sólo 60 centímetros de largo, que debe haberse alimentado con animales del tamaño de una lagartija e insectos. El *Saltopus* tenía largas patas traseras y se piensa que era un animal saltador. Sin embargo posiblemente caminaba, como su pariente el *Coelophysis*.

Desafortunadamente sus restos están incompletos, pues falta el cráneo y partes de las patas, además de que están mal conservados. Gran parte del material fósil de los huesos se ha perdido y tres son sólo huecos en la piedra. Debe estudiarse a partir de vaciados obtenidos de los huecos de la piedra. El *Saltopus* puede ser el dinosaurio más antiguo de Europa, pero es difícil afirmar cómo era hasta que se encuentren más ejemplares.

Saltopus

SAURISCHIA

La orden Saurischia incluye a todos los dinosaurios carnívoros y a los herbívoros grandes y de cuello largo. Se divide en dos subórdenes: Theropoda (carnívoros grandes y pequeños) y Sauropodomorpha (herbívoros medianos y grandes). Los principales grupos de dinosaurios saurisquios aparecen en este libro como "Sauropodomorpha" y "Theropoda".

El origen de Saurischia se ha discutido mucho recientemente. Hasta hace unos pocos años, la mayoría de los expertos pensaba que los dinosaurios surgieron de tres o más antepasados: uno para Ornithischia, uno para Sauropodomorpha y uno para Theropoda. Cuando se comparan los dinosaurios representativos de cada uno de esos grupos se comprende cómo surgió tal idea, pues se ven muy diferentes. Sin embargo, estudios más detallados de los dinosaurios más primitivos —*Anchisaurus, Coelophysis, Plateosaurus, Staurikosaurus*— han mostrado que no son tan diferentes. Todos comparten un gran número de características especializadas en la región de la cadera, las patas traseras, el tobillo y el pie, así como en otras partes del cuerpo. Ahora parece claro que todos los dinosaurios surgieron de un solo antepasado cerca del final del Triásico Medio, y que Saurischia también evolucionó de un solo antepasado un poco después, después de separarse la rama Ornithischia.

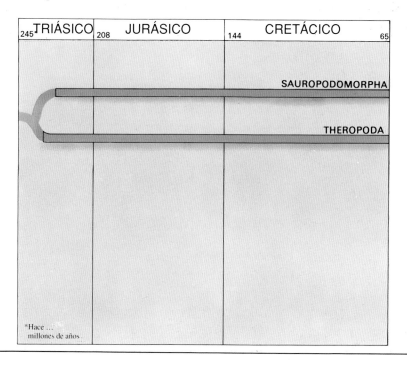

	245	TRIÁSICO	208	JURÁSICO	144	CRETÁCICO	65

SAUROPODOMORPHA

THEROPODA

*Hace ...
millones de años

201

S

Apatosaurus

Cetiosaurus

Diplodoc

Brachiosaurus

Camarasaurus

SAUROPODA

La infraorden Sauropoda incluye a todos los grandes dinosaurios herbívoros de cuello largo. Probablemente hubo cinco grupos principales que pueden distinguirse por las características de la columna vertebral, las patas y la cabeza: los cetiosaurios, los braquisáuridos, los camarasáuridos, los titanosáuridos y diplodócidos.

Los cetiosaurios, los primeros saurópodos del Jurásico Temprano de India (*Barapasaurus*) y Australia (*Rhoetosaurus*) no se conocen bien, pero parecen ser similares a algunos saurópodos avanzados, como el *Melanorosaurus* y el *Vulcanodon*. Los braquisaurios son mejor conocidos en lo que respecta al Jurásico Tardío de América del Norte (*Brachiosaurus,* *Supersaurus*) y África oriental (*Brachiosaurus*), con algunas muestras del Cretácico Temprano de Europa (*Pelorosaurus*). Los camarasáuridos fueron también del Jurásico Tardío de América del Norte (*Camarasaurus*), con posibles parientes en el Cretácico de Asia (*Euhelopus, Opisthocoelicaudia*). Los titanosáuridos se restringen al Cretácico Tardío, y se conocen sobre todo de las zonas australes del mundo: América del Sur (*Antarctosaurus, Saltasaurus, Titanosaurus*) e India (*Titanosaurus*). Finalmente, los diplodócidos surgieron en el Jurásico Tardío de América del Norte (*Apatosaurus, Barosaurus, Diplodocus*), África (*Barosaurus, Dicraeosaurus*) y Asia (*Mamenchisaurus*).

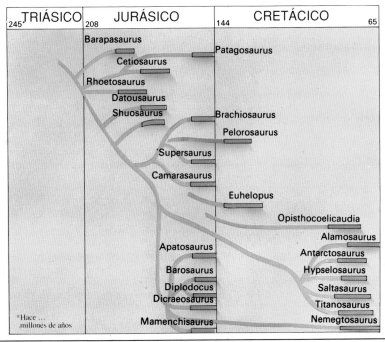

203

SAUROLOPHUS

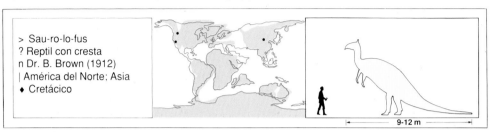

> Sau-ro-lo-fus
? Reptil con cresta
n Dr. B. Brown (1912)
| América del Norte; Asia
♦ Cretácico

9-12 m

El *Saurolophus* fue un dinosaurio pico de pato con cresta muy evolucionado. Se le conoce a través de varios esqueletos que muestran un animal de entre 9 y 12 metros de largo. El *Saurolophus* tenía una gran cabeza con una cresta puntiaguda que apuntaba hacia atrás. El hocico era grande, y la parte superior de la cabeza se inclinaba hacia atrás como una superficie plana. Sobre los ojos, los huesos del cráneo se prolongaban hacia atrás en forma de una espina que salía hacia atrás de la cabeza. Al parecer el

Saurolophus tenía piel floja sobre el hocico que podía inflar como un globo. Cuando el aire salía, el *Saurolophus* pudo producir un gran bramido.

Las especies de *Saurolophus* de América del Norte y de Asia eran muy parecidas, salvo porque la asiática tenía el cráneo y la cresta más largos. Como en otros pico de pato, el frente de las mandíbulas carece de dientes. Arrancaba vegetales con el pico de pato y los empujaba hacia atrás con su gran lengua para masticarlos.

Saurolophus

SAUROPODOMORPHA

La suborden Sauropodomorpha es una división de la orden Saurischia, los dinosaurios con "cadera de lagartija". Incluye dos grupos de herbívoros de tamaño mediano y grande: la infraorden Prosauropoda (herbívoros primitivos, o posibles herbívoros y carnívoros, con cuellos considerablemente largos) y la infraorden Sauropoda (herbívoros cuadrúpedos posteriores de gran tamaño y cuello largo).

Sauropodomorpha incluye a los principales herbívoros del Triásico Tardío y del Jurásico. En el Jurásico Temprano, por ejemplo, hubo tres familias diferentes de sauropodomorfos, y en el Jurásico Tardío tantas como cuatro o cinco. Sin embargo, los sauropodomorfos perdieron importancia en el Cretácico debido al surgimiento de los herbívoros ornitisquios. Nuevos grupos como los iguanodóntidos, anquilosaurios y estegosaurios adquirieron la supremacía en todo el mundo. Hacia el Cretácico Tardío, con el surgimiento de los ceratopsios, los paquicefalosaurios y los hadrosaurios, los sauropodomorfos se volvieron muy escasos, con la excepción de uno o dos camarasáuridos y diplodócidos sobrevivientes en Asia y los titanosáuridos.

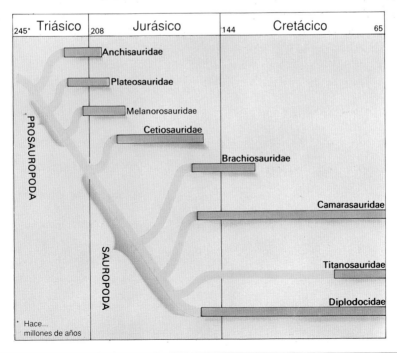

SCELIDOSAURUS

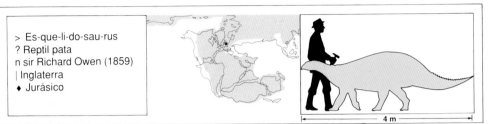

> Es-que-li-do-sau-rus
? Reptil pata
n sir Richard Owen (1859)
| Inglaterra
♦ Jurásico

4 m

El *Scelidosaurus* fue un extraño dinosaurio con armadura. Se bautizó a partir de una colección de huesos de las patas y un cráneo parcial. Se ha demostrado que los huesos de las patas provenían de otro animal: un megalosaurio. Otro buen esqueleto, con el cráneo incluido, se describió en 1863. Éste mostraba porciones del cráneo, la armadura, las patas y la cola, pero faltaba gran parte de los brazos y el tronco. Recientemente se encontraron nuevos esqueletos de *Scelidosaurus* que incluyen partes del cráneo, los brazos ¡e incluso piel! El *Scelidosaurus* tenía cabeza pequeña con dientes en forma de hoja serrada. Tenía cuatro fuertes patas y el cuerpo llevaba una armadura de protuberancias óseas y espinas.

El *Scelidosaurus* no se ajusta bien en las clasificaciones de dinosaurios. Diferentes científicos lo han clasificado como ¡ornitópodo, anquilosaurio y estegosaurio!

Scelidosaurus

SCUTELLOSAURUS

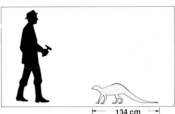

> Es-cu-te-lo-sau-rus
? Reptil con placas
   pequeñas
n Dr. E.H. Colbert (1981)
| América del Norte
♦ Jurásico

⊢— 134 cm —⊣

El *Scutellosaurus* es un interesante ornitópodo bautizado en 1981. Tenía cráneo corto con dientes estriados de herbívoro. Las patas traseras eran más largas que los brazos, pero en proporción menor que en la mayor parte de los ornitópodos, y probablemente andaba en cuatro patas o corría sobre las traseras. El *Scutellosaurus* tenía la cola muy larga: alrededor de una y media veces el largo de su cuerpo. Poseía una armadura de cientos de pequeñas protuberancias óseas colocadas en la piel del lomo. Este tipo de armadura no se ha encontrado en sus parientes, como el *Fabrosaurus*.

El *Scutellosaurus* muestra evidencias de dos estrategias de defensa: podía correr velozmente para escapar de los carnívoros, o podía emplear su armadura para protegerse.

Scutellosaurus

SECERNOSAURUS

> Se-cer-no-sau-rus
? Reptil separado
n Dr. M. Brett-Surman
(1979)
| Argentina
♦ Cretácico

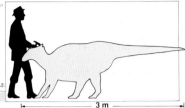

3 m

El *Secernosaurus* es el único pico de pato de América de Sur que se conoce. La mayor parte de los pico de pato vivieron en América del Norte y Asia, y este ejemplar sudamericano muestra que había una faja de tierra que los dinosaurios podían cruzar. El nombre *Secernosaurus*, "reptil separado", se refiere al hecho de que vivía en el sur separado de sus otros parientes.

Los fósiles del *Secernosaurus* son pobres. Se colectaron en 1923 en una expedición en Argentina del Museo Field de Chicago, y no figuraron en sus colecciones por muchos años. Se estudiaron y bautizaron por primera vez en 1979, cuando se detectó su importancia geográfica. Los restos consisten en partes de la región de la cadera, el omóplato, un hueso de la parte inferior de la pata, algunos huesos de la cola y la parte posterior del cráneo. Los huesos de la cadera muestran que el *Secernosaurus* era un pico de pato, probablemente pequeño, tal vez de unos 3 metros de largo. Los huesos son similares a los del *Edmontosaurus* y los del *Shantungosaurus*, y eso muestra que el *Secernosaurus* casi con certeza tenía cabeza plana y sin cresta, como esas dos formas. Ello demuestra cómo los paleontólogos pueden realizar buenas interpretaciones acerca de la manera como se veía un dinosaurio aun sin tener todos los huesos.

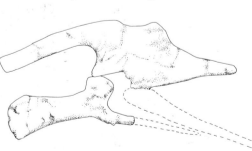

Los huesos de la cadera del *Secernosaurus* vistos del lado izquierdo (83 cm de ancho).

SEGISAURUS

> Se-g-isau-rus
? Reptil del cañón Segi
  (donde se encontró)
n Dr. C. Camp (1936)
| América del Norte
♦ Triásico

⊢ 1 m ⊣

El *Segisaurus* es un dinosaurio pequeño curioso. El esqueleto incompleto es similar al del *Procompsognathus*, otro celurosáurido, en varios aspectos: la delgada y larga pata trasera y el pie son parecidos. Sin embargo, los huesos del *Segisaurus* son sólidos, mientras que animales como el *Procompsognathus* y el *Coelophysis* tenían huesos huecos. Por desgracia, se desconocen el cráneo,

buena parte de la columna vertebral y los brazos. Esto significa que es difícil determinar con exactitud cuáles fueron los parientes cercanos del *Segisaurus*. Probablemente fue un activo carnívoro corredor, pero no hay certeza al respecto. La mal conservada mano tiene garras curvas que sugieren que el *Segisaurus* debía capturar pequeños animales y desgarrar la carne.

Segisaurus

SEGNOSAURIA

La infraorden Segnosauria fue bautizada en 1980 a partir de algunos nuevos y extraños dinosaurios que se hallaron en Mongolia. Eran carnívoros ligeros con curiosos cráneos. La característica más particular es la cadera, que no es del todo la típica ''cadera de lagartija'' saurisquia: los dos huesos del fondo corren hacia atrás paralelos, en lugar de apuntar uno hacia adelante y otro hacia atrás. Todos los ejemplares de segnosaurios descritos hasta ahora provienen de Mongolia. Están muy incompletos, ha sido difícil interpretarlos. Supuestamente hay tres segnosaurios: el *Segnosaurus* mismo, el *Erlikosaurus* y una tercera forma recientemente bautizada como *Enigmosaurus.*

Es difícil imaginar los hábitos del *Segnosaurus.* Probablemente fue un animal muy lento, lo que es raro en un carnívoro, y tal vez tenía patas palmípedas. Los científicos rusos que bautizaron al *Segnosaurus* piensan que posiblemente fue un dinosaurio nadador que se alimentaba con peces. Sin embargo, eso no parece muy probable, ya que todos los otros animales piscívoros, como cocodrilos, tiburones y ballenas con dientes, tienen dientes puntiagudos al frente de las mandíbulas. Esto permite a esos animales atrapar peces que se mueven rápidamente y sujetarlos con los dientes para que no escapen. Cualquier pez, aun el más estúpido, podía escapar de la boca sin dientes del *Segnosaurus.*

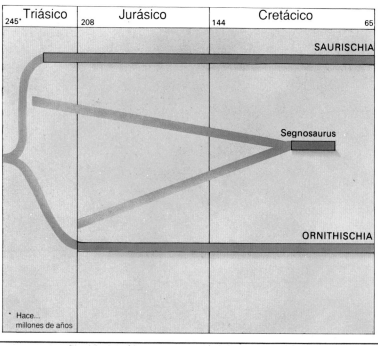

	Triásico	Jurásico		Cretácico	
245*		208		144	65

SAURISCHIA

Segnosaurus

ORNITHISCHIA

* Hace...
millones de años

El *Erlikosaurus* puede ser el mismo *Segnosaurus*, pero se le bautizó como una nueva forma en 1980 porque difería en algunos aspectos. Del *Erlikosaurus* se conocen el cráneo, parte del cuello, un hueso del brazo y ambos pies. Era más pequeño que el *Segnosaurus* y probablemente tenía más dientes. El tercer segnosaurio, bautizado en 1983, proviene de la misma área de Mongolia. Consiste en una articulación de la cadera, con las características particulares del segnosaurio.

Por lo general se afirma que los segnosaurios son saurisquios, muy probablemente terópodos, porque eran carnívoros. (Todos los otros dinosaurios carnívoros son, desde luego, terópodos). Recientemente se ha sugerido que los segnosaurios se encuentran entre los saurisquios y los ornitisquios.

Segnosaurus

SEGNOSAURUS

- > Seg-no-sau-rus
- ? Reptil lento
- n Drs. A. Perle y
     R. Barsbold (1979)
- | Asia
- ◆ Cretácico

4-6 m

El *Segnosaurus* se conoce a partir de un esqueleto parcial que incluye la mandíbula inferior, parte de las patas, los brazos y la columna vertebral y una articulación completa de la cadera. La mandíbula tenía dientes agudos capaces de cortar carne en la parte posterior, pero no tenía ninguno al frente. Esa parte pudo estar cubierta por un pico córneo, ¡una configuración muy extraña para un carnívoro! Los brazos eran cortos y las manos tenían tres dedos con afiladas garras. Los pies tenían cuatro dedos.

La forma de la cadera del *Segnosaurus* era extraña, pues parecía más la de un dinosaurio ornitisquio que la de un saurisquio. La primitiva ''cadera de lagartija'' de tres puntas se transformó en ''cadera de ave'' de dos puntas. Sin embargo, cuando se estudia con cuidado, el *Segnosaurus* aún es un dinosaurio saurisquio, pero el patrón de los huesos de la cadera evolucionó separado del de los ornistiquios. Los científicos que lo bautizaron en 1979 sugieren que pudo ser un animal nadador que se alimentaba con peces.

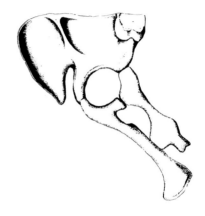

Los huesos de la cadera del *Segnosaurus*

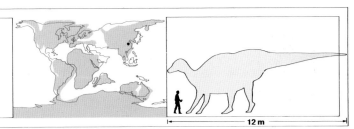

SHANTUNGOSAURUS

> Chan-tun-go-sau-rus
? Reptil de Shantung
n C.C. Hu (1973)
| China
♦ Cretácico

12 m

El *Shantungosaurus* fue un evolucionado dinosaurio pico de pato con cabeza plana. Fue el mayor de ese grupo, pues medía 12 metros de largo y 7 de alto. Hubiera podido asomarse sobre un edificio de tres pisos y debe haber pesado cuatro o cinco veces lo que sus parientes. El *Shantungosaurus* tenía un cráneo largo y angosto con pico de pato y sin cresta. En 1970 se descubrió un esqueleto de *Shantungosaurus* casi completo, y ahora se encuentra en el Museo de Historia Natural de Beijing, China. Un hombre adulto al lado de él sólo llega a la rodilla. Sus parientes más cercanos son el *Edmontosaurus* de América del Norte y el *Secernosaurus* de América del Sur, lo que indica las distancias a las que podían migrar los dinosaurios en el Cretácico Tardío.

Shantungosaurus

SHUNOSAURUS

> Chu-no-sau-rus
? Reptil de Shu (o Sichuán)
n Drs. Dond, Zhow y
  Chang (1983)
| China
♦ Jurásico

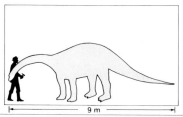

En 1979 se desenterraron los restos del saurópodo *Shunosaurus* en la provincia china de Sichuán. Parece haber sido muy común en el Jurásico Medio de China, pues se han encontrado más esqueletos, algunos de ellos muy completos. El *Shunosaurus* tenía 9 metros de largo, un tamaño menor al de algunos de sus parientes como el *Cetiosaurus* y el *Datousaurus*. La cabeza era considerablemente grande y las mandíbulas presentan dientes en forma de cuchara. El cuello era más corto que en los saurópodos posteriores y la patas eran enormes.

Shunosaurus

SILVISAURUS

> Sil-vi-sau-rus
? Reptil del bosque
n Dr. T.H. Eaton Jr. (1960)
| América del Norte
♦ Cretácico

4 m

El *Silvisaurus* fue un dinosaurio con armadura de tamaño mediano. Se bautizó en 1960 a partir de un esqueleto parcial que indicaba que tenía 4 metros de longitud. El ejemplar original se encontró parcialmente al descubierto en el lecho de un arroyo donde abrevaba el ganado y las pisadas de los animales lo dañaron. Otro problema fue que los huesos estaban embebidos en una variedad muy dura de mineral de hierro, y removerlo requirió de cientos de horas de laboratorio.

El *Silvisaurus* tenía cabeza pesada, cuello largo y cuerpo rechoncho. Tenía ocho o nueve inusuales dientes puntiagudos, al mismo tiempo que un pequeño pico córneo en el frente de la mandíbula superior, cosa poco común, pues otros anquilosaurios sólo tienen el pico y carecen de los dientes frontales. El cuerpo estaba cubierto por una armadura de placas hexagonales o redondas. Había algunas espinas a los lados de la cola y en parte del cuerpo.

Silvisaurus

SMILODON

> Es-mi-lo-don
? Diente de sable
n J. Leidy (1868)
| Argentina
♦ Pleistoceno

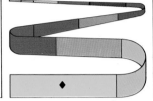

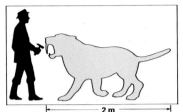

2 m

La familia de los gatos incluyó una gran variedad de tipos carnívoros que ya no existen. Los más espectaculares fueron los gatos dientes de sable como el *Smilodon*, que tenía unos enormes colmillos de 15 centímetros de largo. Estos gatos podían abrir la mandíbula hasta formar un ángulo recto para sacar los grandes colmillos y usarlos para sujetar la gruesa piel de los herbívoros, aun los más grandes de ellos. Había grandes músculos en la parte trasera del cuello que permitían al *Smilodon* clavar los colmillos en la presa. Alguna vez se pensó que los gatos diente de sable perforaban la piel de sus víctimas, como si las apuñalaran, y las dejaban desangrarse. Sin embargo, la punta de los dientes por lo general no es muy afilada, y hubiera necesitado una gran fuerza para enterrarlos en la gruesa piel de los herbívoros. Nuevos estudios sugieren que aferraba un pliegue de la piel con su boca y lo arrancaba, lo que podía hacer que su víctima se desangrara rápidamente.

Smilodon

SPINOSAURUS

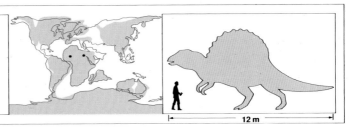

> Es-pi-no-sau-rus
? Reptil espinoso
n Dr. E. Stromer (1915)
| África
◆ Cretácico

12 m

El *Spinosaurus* fue un extraño dinosaurio carnívoro con aleta en el lomo. La aleta era de piel y se sostenía en altas espinas del reverso de cada vértebra del lomo. Algunas de esas espinas medían dos metros de alto, más que la altura de un humano. El *Spinosaurus* pudo haber usado la aleta para controlar la temperatura corporal: podía perder calor si la temperatura subía o tomarlo si estaba muy frío. Otra teoría es que las espinas estaban cubiertas de piel de colores y que la aleta se usaba como señal para otros dinosaurios.

Los restos del *Spinosaurus* están muy incompletos. Consisten en partes de la mandíbula, así como algunas partes de la columna vertebral, del cuello, el lomo y la cola. El *Spinosaurus* tenía los dientes característicos de los carnívoros, como de cuchillos para carne, pero en lugar de ser curvos eran rectos. Fue un animal gigante de hasta 12 metros de largo, y su pariente más cercano pudo haber sido el *Acrocanthosaurus*. Resulta interesante que el *Ouranosaurus*, otro dinosaurio con aleta como el *Spinosaurus*, se haya encontrado en la misma región de África.

Spinosaurus

217

STAGONOLEPIS

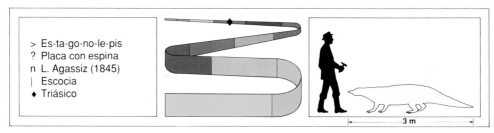

> Es-ta-go-no-le-pis
? Placa con espina
n L. Agassiz (1845)
| Escocia
◆ Triásico

3 m

El *Stagonolepis* pertenece a un grupo poco común de tecodontios herbívoros. Los tecodontios incluyen a los antepasados de los cocodrilos y los dinosaurios; la mayor parte era carnívora, como el *Erythrosuchus* y el *Ticinosuchus*. El *Stagonolepis* se halla en la línea de los cocodrilos y está estrechamente emparentado con el *Ticinosuchus*. El *Stagonolepis* se parecía algo a los cocodrilos; tenía el cuerpo largo y bajo, con cola grande y poderosa y patas cortas. También poseía una armadura que corría a lo largo del lomo, del cuello a la punta de la cola, así como en el abdomen y debajo de la cola. La armadura estaba integrada por rectángulos de hueso con forma de baraja que se formaban en la piel. Las

placas se sobreponían como las tejas de un techo, y se mantenían en su lugar gracias a varillas óseas. Esta armadura debe haber sido necesaria para prevenir los ataques de los grandes y activos carnívoros de la época, como el *Ticinosuchus*.

Es evidente, cuando se ve la cabeza del *Stagonolepis*, que era un herbívoro inofensivo. Las mandíbulas son cortas y con líneas de dientes en forma de clavija. Tenía también una extraña nariz ''achatada''. El *Stagonolepis* probablemente excavaba con la punta del hocico en busca de raíces y bulbos. Los parientes del *Stagonolepis* vivieron en casi todo el mundo, y dieron lugar a los grandes dinosaurios herbívoros.

Stagonolepis

STAURIKOSAURUS

> Es-tau-ri-co-sau-rus
? Reptil cruz
n Dr. E.H. Colbert (1970)
| América del Sur
♦ Triásico

El *Staurikosaurus* fue un reptil bípedo primitivo. Tenía 2 metros de largo y un cuerpo ligero y ágil. La cabeza era muy grande y los dientes muestran que probablemente comía carne. El *Staurikosaurus* tenía patas traseras largas y brazos cortos, ambos con cinco dedos, una característica primitiva. El *Staurikosaurus* pudo estar emparentado con los prosaurópodos y coelurosaurios primitivos.

Staurikosaurus

STEGOCERAS

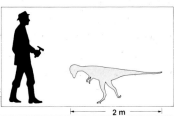

> Es-te-go-ce-ras
? Techo cornudo
n Dr. L.M. Lambe (1902)
| Asia
♦ Cretácico

El *Stegoceras* fue un herbívoro de tamaño mediano (2 metros de longitud) con un curioso cráneo grueso. Se bautizó en 1902 con base en dos fragmentos del cráneo que al principio se pensó que pertenecían a un dinosaurio ceratopsio cornudo. Sin embargo, en la década de 1920 se descubrió un cráneo más completo y un esqueleto parcial, que mostraron que el *Stegoceras* pertenecía a un grupo completamente nuevo, al que se llamó Pachycephalosauria. El *Stegoceras* tenía un pesado cráneo cubierto con protuberancias córneas. La bóveda del cráneo era muy gruesa y formaba una alta cresta, que crecía conforme el *Stegoceras* ganaba edad.

STEGOSAURIA

La suborden Stegosauria incluye una selección de dinosaurios herbívoros de tamaño mediano y grande. Todos tenían una armadura de espinas o placas (o ambos) a lo largo del centro del lomo. Algunos tenían espinas en la cadera. Hubo dos grupos: los primitivos escelidosáuridos (que pueden ser estegosaurios o anquilosaurios) y los posteriores estegosáuridos.

Si el *Scelidosaurus* es un estegosaurio, entonces el grupo surgió en Europa en el Jurásico Temprano. No sólo hay varios ejemplares de *Scelidosaurus* de Inglaterra, sino también un posible pariente de Portugal. Los estegosaurios auténticos, los estegosáuridos, surgieron en el Jurásico Medio de Europa (*Dacentrurus*, *Lexovisaurus*), y luego se extendieron por África (*Kentrosaurus*) y América del Norte (*Stegosaurus*) en el Jurásico Tardío. Se conocen posibles estegosaurios del Cretácico Temprano de Europa y China, pero el aspecto extraño de su historia es que una forma (el *Dravidosaurus*) vivió a finales del Cretácico Tardío en India, mucho después de que el grupo se había extinguido en otras partes del mundo.

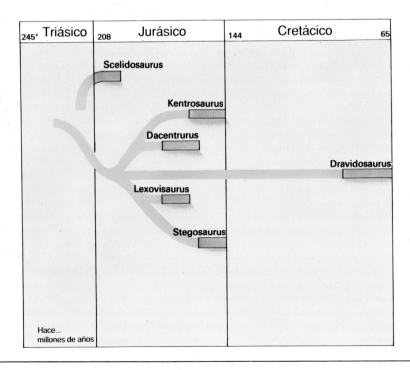

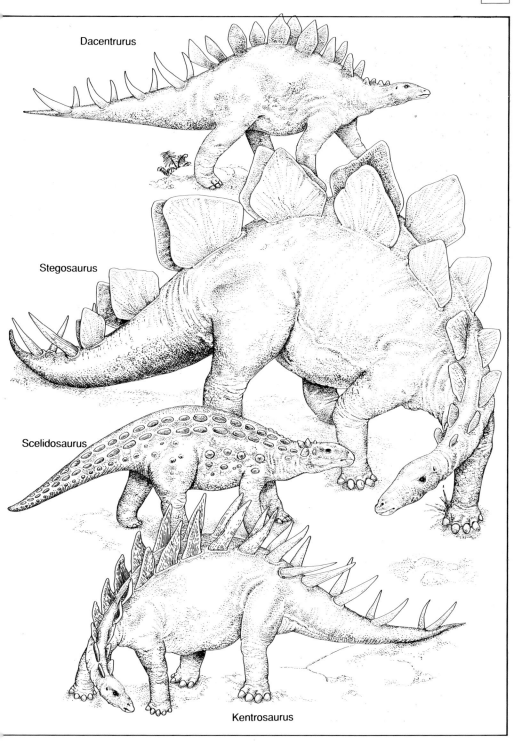

Dacentrurus

Stegosaurus

Scelidosaurus

Kentrosaurus

STEGOSAURUS

Es-te-go-sau-rus
? Reptil con techo
n Dr. O.C. Marsh (1877)
| Colorado (EU)
♦ Jurásico

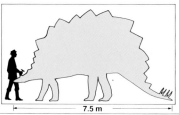

7.5 m

El *Stegosaurus* fue bautizado en 1877 a partir de un esqueleto incompleto localizado en Colorado, Estados Unidos. El *Stegosaurus* tenía un minúsculo cráneo tubular con el cerebro del tamaño de una nuez. Los dientes eran pequeños, sin filo, con forma de hoja y colocados en la parte posterior de la mandíbula. El frente de la mandíbula carecía de dientes. El *Stegosaurus* tenía pequeñas placas planas en el cuello y otras mucho más grandes con forma de diamante en el lomo y la primera parte de la cola. Estas placas por lo general se representan en dos filas, pero recientemente se ha sugerido que era una sola o incluso que se extendían hacia los lados como un escudo protector sobre el lomo. En la punta de la cola el *Stegosaurus* tenía cuatro largas espinas. El *Stegosaurus* tenía patas delanteras muy cortas, de la mitad del largo de las traseras.

Stegosaurus

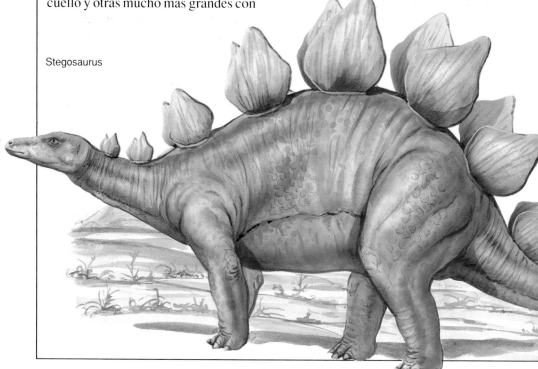

STENONYCHOSAURUS

> Es-te-no-ni-co-sau-rus
? Reptil de garras angostas
n Dr. C.M. Sternberg (1932)
| América del Norte
♦ Cretácico

2 m

El *Stenonychosaurus* probablemente fue el más inteligente de los dinosaurios. Era un animal muy ligero, de cerca de dos metros de largo, con piernas esbeltas y cola larga. Tenía brazos muy largos con dedos delgados. Era un carnívoro ágil y veloz.

Los restos originales incluían unas cuantas vértebras, algunos huesos de la mano y un pie completo. El pie tenía un dedo muy corto parecido a una sobrecaña y tres dedos principales que usaba para caminar, como las patas de las aves. El dedo medio era más corto que los de los lados y tenía una larga garra. Había articulaciones especiales en ese dedo que hacían retráctil la garra, como en el *Deinonychus*, y le permitía "apuñalar" a otros dinosaurios. La característica más interesante del *Stenonychosaurus* es la cabeza. Tenía grandes ojos y un gran cerebro, equivalente al de un ave del mismo tamaño. El *Stenonychosaurus* era un cazador activo, inteligente y de rápidos reflejos.

Stenonychosaurus

STRUTHIOMIMUS

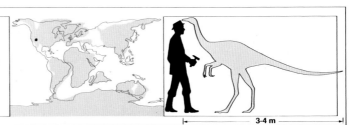

> Es-tru-tio-mi-mus
? Imitador de avestruces
n Dr. H.F. Osborn (1917)
| América del Norte
♦ Cretácico

3-4 m

La forma del *Struthiomimus* es como la de un avestruz, pero sin plumas. Medía de 3 a 4 metros de largo y tenía un cuerpo muy esbelto. El primer ejemplar se describió en 1917 y estaba más o menos completo: le faltaban partes de la cabeza, algunas de la columna vertebral y unos cuantos huesos de las patas. La cabeza era pequeña y carecía de dientes; sólo tenía un pico córneo. El cráneo era ligero, pues sus huesos eran muy delgados. Es posible que el cráneo fuera flexible y tuviera articulaciones extras, como en las aves modernas. La parte del cráneo correspondiente al pico probablemente podía inclinarse hacia arriba y hacia abajo, y eso pudo permitirle quitar la cáscara de nueces y frutas. El *Struthiomimus* tenía cuello y cola largos; la última le servía para equilibrarse.

En muchos aspectos el *Struthiomimus* era muy parecido a las aves, en especial al avestruz y otras aves que no vuelan. La cabeza pequeña, el cuello largo y las fuertes patas son iguales, aunque la cola larga y las manos con garras del *Struthiomimus* no son características de las aves modernas. El *Struthiomimus* pudo haber usado sus manos de tres dedos para desenterrar comida.

Struthiomimus

STRUTHIOSAURUS

> Es-tru-tio-sau-rus
? Reptil áspero
n Dr. E. Bunzel (1871)
| Europa
♦ Cretácico

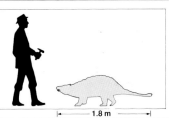

|← 1.8 m →|

El *Struthiosaurus* es el dinosaurio con armadura más pequeño que se conoce. Con sólo 1.8 metros de largo, tenía menos de la mitad del tamaño de sus parientes el *Acanthopolis*, el *Hylaeosaurus* y el *Nodosaurus*. El *Struthiosaurus* también fue uno de los últimos anquilosaurios que sobrevivieron y no es común que provenga de Europa en lugar de América del Norte o Asia. Se han encontrado fósiles de *Struthiosaurus* en Francia, Hungría y Austria, y en especial en la región de Transilvania, en Rumania (¡más famosa como el hogar del sanguinario conde Drácula!).

Un hecho extraño es que todos los dinosaurios de Transilvania son muy pequeños. Los descubrimientos de fósiles en esa región incluyen un saurópodo, un pico de pato y un ornitópodo iguanodóntido, además del *Struthiosaurus*. Se ha sugerido que en el Cretácico Tardío el sur de Europa consistía en numerosas islas, y por ello algunos dinosaurios eran inusualmente pequeños. Hoy, los animales de las islas con frecuencia son más pequeños que sus parientes de tierra firme: en la isla de Madagascar, por ejemplo, hay un hipopótamo enano, y algunas islas del Mediterráneo tuvieron ¡elefantes enanos!

El *Struthiosaurus* tenía cabeza pequeña y cinco diferentes tipos de armadura ósea: placas con una gran espina y pequeños huesos en el cuello, un par de espinas muy largas en los hombros, pares de placas sobrepuestas en la cadera y la cola y espinas más pequeñas y protuberancias en los lados del cuerpo y la cola.

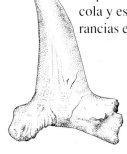

Placas de la armadura de la piel del *Struthiosaurus* (izquierda) y una espina ósea (derecha) (ambas de 19 cm de largo).

STYRACOSAURUS

> Es-ti-ra-co-sau-rus
? Reptil con espinas
n Dr. L.M. Lambe (1913)
| América del Norte
♦ Cretácico

5.5 m

El *Styracosaurus* es un bien conocido dinosaurio cornudo con un notable collar de espinas. El *Styracosaurus* medía 5.5 metros de largo y probablemente estaba emparentado con el *Monoclonius*. El cráneo era largo y tenía sobre el cuello seis largas espinas que apuntaban hacia atrás. Las seis espinas se formaban a partir de las protuberancias de hueso que rodeaban el cuello de los ceratopsios, pero por lo general eran pequeños y romos en lugar de largos y puntiagudos como en el *Styracosaurus*. También tenía un cuerno alto en la nariz, el cual apuntaba hacia arriba. Había otros dos cuernos muy pequeños sobre los ojos. Esta formidable disposición debe haber ayudado al *Styracosaurus* a protegerse contra los predadores y debió también servir como advertencia a los rivales de la misma especie.

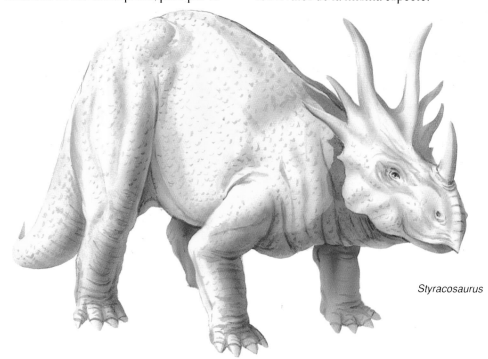

Styracosaurus

SUPERSAURUS

> Su-per-sau-rus
? Super reptil
n Dr. J. Jensen (1985)
| Colorado (EU)
♦ Jurásico

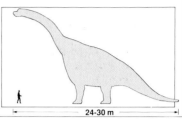

24-30 m

El *Supersaurus* puede ser uno de los dinosaurios más grandes que se conocen. Los huesos del *Supersaurus* se descubrieron en 1972, y claramente pertenecían a un animal como el *Brachiosaurus*. Sin embargo, eran mucho más grandes. No hay un esqueleto completo de *Supersaurus*, sólo unos cuantos huesos que provienen de una sola cantera en Colorado, Estados Unidos, localizada por unos coleccionistas de rocas aficionados. En 1971 mostraron unos ejemplares más pequeños a Jim Jensen, un famoso colector de fósiles, y él empezó a cavar en 1972. Esperaba encontrar algunos dinosaurios grandes, pero no los enormes huesos que aparecieron. Jensen es muy alto (mide casi 2 metros), y el omoplato del *supersaurus* era mucho más largo que él cuando se colocó a su lado. Uno de los huesos del cuello tenía más de 1.5 metros de largo. Se ha estimado que el *Supersaurus* medía entre 24 y 30 metros de largo y 15 metros de alto; esa altura es como la de un edificio de 5 pisos. Un animal aun más grande, conocido como *Ultrasaurus*, se encontró en la misma veta de dinosaurios en 1979.

El omóplato del *Supersaurus* es más alto que un hombre.

SYNTARSUS

> Sin-tar-sus
? Tobillo fundido
n Dr. M.A. Raath (1969)
| África
♦ Triásico

3 m

El *Syntarsus* es un interesante dinosaurio pequeño. Era un ligero bípedo carnívoro de 3 metros de largo, conocido a través de un esqueleto incompleto de Zimbabue. El *Syntarsus* era similar al *Coelophysis*, excepto porque algunos huesos del tobillo estaban fundidos o unidos. Tenía largas y poderosas patas y brazos cortos con tres dedos, cada uno de ellos con una poderosa garra curva. Algunos científicos han reconstruido al *Syntarsus* con un penacho en la parte trasera de la cabeza y una cubierta de plumas. Esto se debe a que quieren probar que los dinosaurios eran animales de sangre caliente como las aves. Sin embargo, no hay evidencia de que el *Syntarsus* tuviera plumas.

Syntarsus

TERATORNIS

> Te-rat-or-nis
? Ave monstruosa
n L.H. Miller (1909)
| Argentina; California,
  Nevada, Florida (EU)
♦ Pleistoceno

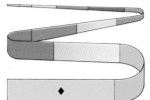

1.6 m

Teratornis

Las aves más grandes de todos los tiempos fueron los teratornios, grandes buitres que vivieron en América desde hace 10 millones de años hasta hace unos cuantos miles. El teratornio más grande tenía una envergadura de 7 metros, casi la misma que el *Pteranodon*, pero mucho menor que la del *Quetzalcoatlus*, el mayor de los pterosaurios.

El *Teratornis* era más pequeño, aunque no dejaba de ser un gigante, que se alimentaba con los restos de mamuts, rinocerontes y otros herbívoros muertos por gatos dientes de sable como el *Smilodon*. Algunos de los mejores ejemplares de *Teratornis* provienen de las famosas fuentes de brea en La Brea, California, Estados Unidos, donde grandes mamíferos herbívoros quedaron atrapados en estanques de brea pegajosa. El *Teratornis* bajó a alimentarse y a su vez quedó atrapado.

THECODONTOSAURUS

> Te-co-don-to-sau-rus
? Reptil de dientes con
  alveolos
n Drs. H. Riley y T.
  Stutchbury (1840)
| Inglaterra
♦ Triásico

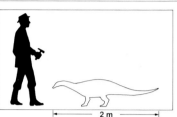

2 m

El *Thecodontosaurus* fue un dinosaurio
primitivo mediano. Se bautizó en 1840 a
partir de un fragmento de la mandíbula
que se encontró en Bristol, al suroeste de
Inglaterra. Otros descubrimientos
iniciales incluyen varios dientes,
mandíbulas, huesos de la columna
vertebral, costillas y escasos huesos de
brazos y patas. Desde la década de 1840,
se han hallado en el suroeste de
Inglaterra muchos más esqueletos
parciales y cráneos de *Thecodontosaurus*, casi todos en antiguas cuevas o
fisuras. Al parecer algunos de estos
pequeños dinosaurios cayeron en las
grietas de la roca al pasar por la
superficie caliza en el Triásico Tardío.
Las grietas se llenaron de lodo y arena
del Triásico y los cuerpos de los
animales pequeños quedaron atrapados.
Algunos huesos de un prosaurópodo de
tamaño moderado del sur de África
fueron llamados más tarde
Thecodontosaurus, pero ya se ha
demostrado que pertenecen a un
Anchisaurus.

Thecodontosaurus

THERIZINOSAURUS

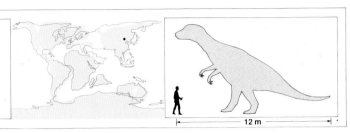

> Te-ri-zi-no-sau-rus
? Reptil segador
n Dr. E.A. Maleev (1954)
| Mongolia
♦ Cretácico

12 m

Therizinosaurus es el nombre dado
recientemente a un brazo gigante con
feroces garras que se halló en Mongolia.
El brazo medía en total 2.5 metros de
largo, y su única garra en forma de
guadaña medía 70 centímetros en su
curva externa. Esa longitud no incluye la
cubierta córnea que debe haber rodeado
a la garra, con la que pudo llegar a medir
¡un metro de largo! Eso hace que la sola
garra mida lo que una guadaña para
cortar césped alto, sólo que la garra del
Therizinosaurus era más pesada. Los

primeros ejemplares consistían en
algunas grandes garras halladas por la
expedición conjunta soviético-mongola
de 1948, así como durante viajes
posteriores en 1957, 1959 y 1960, en el
desierto de Gobi y otras partes de
Mongolia. Fósiles asociados incluyen
patas incompletas y un diente. El
Therizinosaurus puede estar
emparentado con el *Deinocheirus*, o con
los deinonicosaurios, pero eso es muy
incierto.

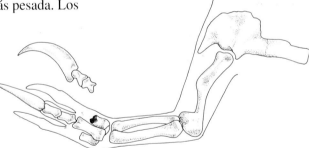

El brazo del *Therizinosaurus* visto del lado
izquierdo. Arriba se aprecia una vista diferente de
la garra. Medida sobre la curva, la garra tiene 70
cm de largo.

THEROPODA

La suborden Theropoda incluye a todos los dinosaurios carnívoros, tanto pequeños como medianos y grandes. Hay cinco grupos principales: los coelurosaurios (ligeros, pequeños y medianos), los ornitomimosaurios (muy esbeltos, parecidos a las avestruces), los deinonicosaurios (ligeros y con largas y feroces garras), los segnosaurios (con una cadera extraña) y los carnosaurios (todas las formas pesadas medianas y grandes).

Los coelurosaurios son un grupo amplio de pequeños carnívoros que incluye a algunos de los primeros dinosaurios del Triásico Tardío y a posteriores del Jurásico y el Cretácico. Es difícil estudiar la evolución de los coelurosaurios, pero se piensa que dieron lugar a otros carnívoros: los carnosaurios en el Jurásico Temprano, los ornitomimosaurios en el Jurásico Tardío y los deinonicosaurios y los segnosaurios en el Cretácico Temprano. Los terópodos incluyen otro grupo que se volvió aún más importante que los ya mencionados: las aves. Las aves más antiguas, llamadas *Archaeopteryx* (''ala antigua'') se conocen en el Jurásico Tardío de Alemania. Sus plumas están bellamente conservadas en tierras calizas y sus esqueletos son muy parecidos a los de los dinosaurios pequeños. Ahora se piensa que las aves comparten un antepasado cercano y común con los deinonicosaurios.

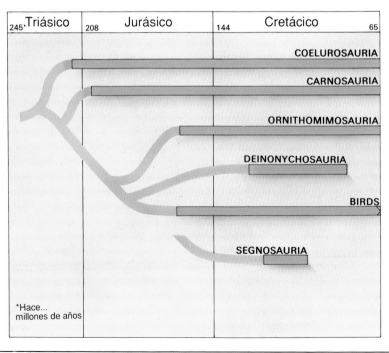

245*Triásico 208 Jurásico 144 Cretácico 65

COELUROSAURIA

CARNOSAURIA

ORNITHOMIMOSAURIA

DEINONYCHOSAURIA

BIRDS

SEGNOSAURIA

*Hace...
millones de años

THOATHERIUM

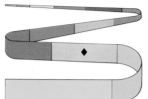

> To-a-te-rium
? Bestia veloz
n F. Ameghino (1887)
| Argentina
♦ Mioceno

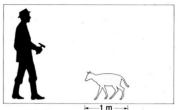

├─ 1 m ─┤

Uno de los ejemplos más espectaculares de "evolución paralela", es decir, la evolución de animales similares de antepasados diferentes, es la de los litopternios de América del Sur y los caballos.

Mientras los caballos auténticos como el *Pliohippus* se convertían en caballos modernos en América del Norte, el *Thoatherium* se transformaba en uno mejor en muchos aspectos. Como los caballos verdaderos, el *Thoatherium* tenía una sola pezuña en cada pata, pero no hay rastros de la sobrecaña que aún mostraba el *Hyracotherium*. El *Thoatherium* tenía las patas, el cuerpo y la cabeza de un caballo. ¿Entonces cómo se sabe que no es un caballo, sino un pariente de otros, muy diferentes, mamíferos sudamericanos? Antes que nada, algunas características de las partes superiores de las patas son muy diferentes a las de los caballos, y los dientes son en esencia los mismos que en otros herbívoros de América del Sur.

Thoatherium

THRINAXODON

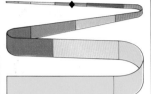

> Tri-na-xo-don
? Diente tridente
n H.G. Seeley (1894)
| África del Sur; Antártida
◆ Triásico

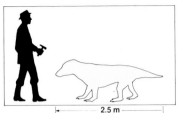

2.5 m

Thrinaxodon

El *Thrinaxodon* fue un reptil cinodonte parecido a los mamíferos. El esqueleto es largo y angosto, y la cola es corta. El *Thrinaxodon* tenía una postura muy primitiva, a medio camino entre las patas abiertas de las lagartijas y los reptiles con aleta en el lomo, como el *Dimetrodon*, y la posición completamente vertical de los mamíferos, en la que las patas salen directamente de la parte inferior del cuerpo. En el *Thrinaxodon* las patas aún salen un poco a los lados. La caja torácica es inusual, pues las costillas son anchas y se superponen, formando una estructura parecida a un barril. Esto probablemente mantenía el cuerpo rígido y evitaba que el *Thrinaxodon* se inclinara a los lados.

Si el cuerpo del *Thrinaxodon* es muy primitivo, el cráneo muestra muchas características de los mamíferos. La cabeza probablemente se parecía a la de un perro. El hocico alargado y alto indica que el *Thrinaxodon* tenía un buen olfato que le permitía localizar presas. Los dientes estaban divididos en incisivos, largos colmillos y molares de corte con muchos puntos en común con el *Cynognathus.*

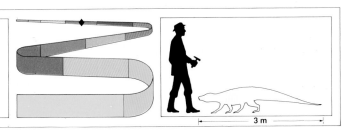

TICINOSUCHUS

> Ti-ci-no-su-cus
? Cocodrilo de Tessin
n B. Krebs (1963)
| Suiza
♦ Triásico

3 m

Uno de los grupos más exitosos de tecodontios fue el de los rauisúquidos, un grupo que se encuentra muy cerca del origen de los cocodrilos. Los rauisúquidos fueron los principales carnívoros en todas partes del mundo durante casi todo el Triásico. Formas primitivas como el *Ticinosuchus* se alimentaban con reptiles herbívoros parecidos a los mamíferos como el

unos cuantos buenos esqueletos, pero desafortunadamente los cráneos están incompletos. El *Ticinosuchus* tenía cuerpo esbelto, largas patas que probablemente le permitían correr rápido y una larga cola. Como los cocodrilos y otros parientes como el *Stagonolepis*, el *Ticinosuchus* tenía algunas placas de armadura que corrían en medio del lomo. El cuello es largo, y el cráneo estrecho y

Ticinosuchus

Diademodon y el *Kannemeyeria*, pero los rauisúquidos posteriores probablemente predaban dinosaurios. Finalmente el grupo desapareció a finales del Triásico, en una época en la que otros grupos de reptiles se extinguieron, tal vez a causa de un cambio en el ambiente.

El *Ticinosuchus* se conoce a partir de

muy similar al de los dinosaurios. Esto ha confundido a algunos científicos, que pensaron que los rauisúquidos fueron antepasados de los dinosaurios. Algunos incluso identificaron erróneamente dientes y mandíbulas de rauisúquidos como de dinosaurios primitivos, debido a que son muy parecidos.

TOXODON

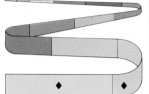

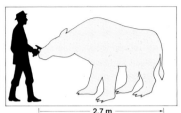

> To-xo-don
? Diente arco
n R. Owen (1840)
| Argentina
♦ Plioceno Pleistoceno

2.7 m

Cuando Charles Darwin visitó América del Sur en la década de 1830, encontró restos fósiles de varios animales extraños, entre ellos el *Toxodon*. Darwin observó que el *Toxodon* parecía compartir algunas características con los roedores (los largos incisivos) y otras con los elefantes (el gran tamaño). Darwin escribió: "¡Qué maravillosamente mezclados están diferentes órdenes en varios puntos de la estructura del *Toxodon*!" Ahora sabemos que el *Toxodon*, como otros herbívoros de América del Sur, no estaba cercanamente emparentado con ninguno de los grupos conocidos de mamíferos de otras partes del mundo. Los toxodontes están emparentados con formas como el *Notostylops* y surgieron hace 50 millones de años. El *Toxodon* fue uno de los últimos y el más grande. Su cabeza era muy parecida a la del rinoceronte, y es muy probable que el *Toxodon* se alimentara con pastos que cortaba con sus incisivos y trituraba con los molares. Fue un animal enorme y lento.

Toxodon

TRICERATOPS

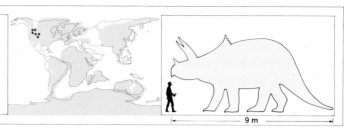

> Tri-ce-ra-tops
? Cara con tres cuernos
n Dr. O.C. Marsh (1889)
| América del Norte
♦ Cretácico

9 m

El *Triceratops* es el dinosaurio cornudo mejor conocido. Los primeros huesos de triceratops probablemente fueron colectados por empleados de Edward Cope, pero eran muy pobres como para identificar de qué animal se trataba. Othniel C. Marsh, el gran enemigo de Cope (*ver pág. 10*), fue el primero en encontrar un buen ejemplar para describirlo, aunque al principio lo identificó equivocadamente como ¡un bisonte! Lo llamó *Triceratops* en 1889, y entre 1889 y 1892 los colectores de Marsh encontraron otros 30 cráneos y esqueletos. Ahora el *Triceratops* es probablemente el ceratopsio más conocido. Desde 1890, se han bautizado casi 20 especies de *Triceratops*, algunos a partir de material muy pobre.

El *Triceratops* tenía tres cuernos: uno sobre la nariz y dos muy largos sobre los ojos. El collar era corto y el borde posterior estaba rodeado de protuberancias óseas en zig-zag. El *Triceratops* era pesado y con fuertes patas. Cada dedo tenía una pezuña en el extremo. El *Triceratops* fue grande y llegaba a medir 9 metros de largo.

Triceratops

TROODON

- > Tro-o-don
- ? Diente hiriente
- n Prof. J. Leidy (1856)
- | América del Norte
- ♦ Cretácico

2.4 m

El *Troodon* es un dinosaurio poco común y muy mal conocido. Un diente punti-agudo y serrado fue bautizado *Troodon* en 1856, y en la década de 1920 otros descubrimientos parecieron indicar que se trataba del paquicefalosaurio *Stegoceras*. Se encontró un cráneo de *Stegoceras* que tenía dientes similares al del *Troodon* al frente de la mandíbula. Algunos científicos afirmaron que el *Stegoceras* debería renombrarse como *Troodon*, pues ese nombre era anterior. Sin embargo, puesto que se trataba de un solo diente, muchos prefirieron mantener *Stegoceras* como un nombre aparte. Un estudio reciente del ejemplar original, publicado en 1987, muestra que el diente del *Troodon* es idéntico al diente del *Stenonychosaurus*. Así, después de una compleja historia en la que el *Troodon* ha sido clasificado como lagartija, megalo-saurio, paquicefalosaurio e hipsilofodón-tido, resulta ser un deinonicosaurio saurornitóidido, un carnívoro ligero que posiblemente tenía unas grandes y afiladas garras.

TSINTAOSAURUS

- > Sin-tao-sau-rus
- ? Reptil de Tsintao
- n Dr. C.C. Young (1958)
- | China
- ♦ Cretácico

7 m

El *Tsintaosaurus* fue un extraño dinosaurio pico de pato. Tenía un alto cuerno sobre la cabeza, entre los ojos. El cuerno apuntaba hacia adelante y era hueco. Los tubos respiratorios corren en el interior hacia arriba, pero no había abertura en el extremo. El *Tsintaosaurus* fue grande: entre 7 y 10 metros de largo. Pude estar emparentado con el *Saurolophus* o con el *Parasaurolophus*.

TYRANNOSAURUS

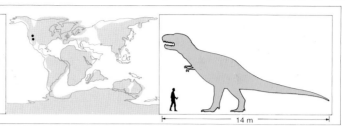

> Ti-ra-no-sau-rus
? Reptil tirano
n Prof. H.F. Osborn (1905)
l América del Norte
◆ Cretácico

14 m

El *Tyrannosaurus* puede ser el dinosaurio más conocido. Ciertamente fue el más grande de los carnívoros y probablemente el más aterrador que jamás haya vivido. Alcanzaba los 14 metros de largo y los 6 de altura: un hombre difícilmente alcanzaría su rodilla. Unos cuantos dientes se encontraron el siglo XIX, pero no fue sino hasta 1902 que se encontró un esqueleto razonablemente bueno. Incluía parte del cráneo y la mandíbula y huesos sueltos de la columna vertebral, el hombro, la cadera y las patas. Un esqueleto más completo se localizó en 1908, y dio a los paleontólogos información más detallada. El *Tyrannosaurus* tenía una enorme cabeza de 1.5 metros de largo. Las poderosas mandíbulas tenían hileras de largos y afilados dientes de hasta 18 centímetros.

Tyrannosaurus

239

ULTRASAURUS

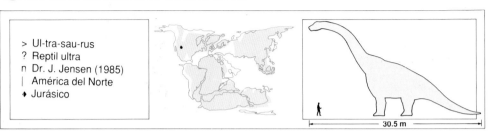

> Ul-tra-sau-rus
? Reptil ultra
n Dr. J. Jensen (1985)
| América del Norte
✦ Jurásico

30.5 m

El *Ultrasaurus* se descubrió en 1979 en la misma área de Colorado en la que se halló el *Supersaurus*. Los restos están incompletos, pero incluyen una pata gigante y la articulación de un hombro, que indican que la altura hasta esa parte del cuerpo era de cerca de 8 metros, ¡cuatro veces el tamaño de un hombre! Este notable fósil nuevo fue bautizado en 1985. Probablemente el *Ultrasaurus* fue aun más grande que el *Supersaurus*:

medía hasta 30.5 metros de largo. Como el *Supersaurus*, estaba emparentado con el *Brachiosaurus*, aunque esto se deduce con base en los huesos que se han encontrado. Se ha estimado que si el *Brachiosaurus* pesaba alrededor de 70 toneladas, el *Ultrasaurus* debe haber alcanzado las ¡130 toneladas! Esto lo convierte en el animal más grande que jamás haya vivido, y sólo se le aproxima en peso la ballena azul gigante, que pesa hasta 100 toneladas.

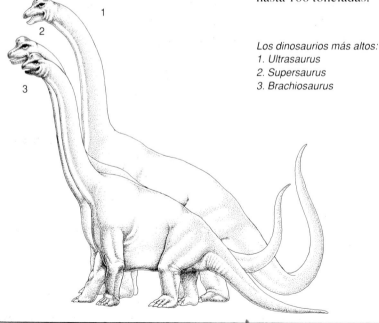

1

2

3

Los dinosaurios más altos:
1. Ultrasaurus
2. Supersaurus
3. Brachiosaurus

VELOCIRAPTOR

> Ve-lo-ci-rrap-tor
? Ladrón veloz
n Prof. H.F. Osborn (1924)
| Mongolia
♦ Cretácico

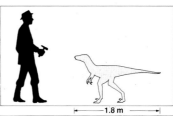

1.8 m

El *Velociraptor* fue un ligero dinosaurio carnívoro de tamaño mediano. Tenía un cráneo largo y angosto, con un hocico muy plano y no más de 30 dientes curvos y puntiagudos en la mandíbula, aunque sus parientes tenían más. La forma de la cabeza, muy larga y estrecha, claramente lo separa de los otros deinonicosaurios. Un dedo de cada pata era largo y tenía una garra en forma de guadaña, como el *Deinonychus* y el *Dromaeosaurus*.

Los ejemplares originales del *Velociraptor* se colectaron en la década de 1920 en la expedición estadounidense al desierto de Gobi, en Mongolia. No estaba claro qué tipo de dinosaurio era el *Veloci-raptor*, hasta que en la década de 1960 se descubrió el *Deinonychus*, que mostraba en detalle las poderosas mandíbulas y la gran garra. En 1971 se encontró un ejemplar de *Velociraptor* que había muerto mientras atacaba a un *Protoceratops*. El *Velociraptor* tenía firmemente sujeto el escudo de la cabeza del *Protoceratops* y pateaba el vientre de ese último con la enorme garra de su pata. El *Protoceratops* debe haber perforado la región del pecho del *Velociraptor* con las defensas de su cabeza. Los dos deben haber muerto al mismo tiempo.

Velociraptor

VULCANODON

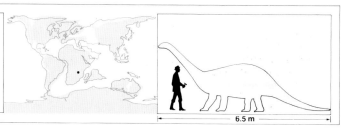

> Vul-ca-no-don
? Diente volcán
n Prof. M.A. Raath (1972)
| América del Sur
♦ Jurásico

6.5 m

El *Vulcanodon* es un extraño animal bautizado en 1972. Sólo se conoce una parte del esqueleto (el cuello y la cabeza no se hallaron). El nombre *Vulcanodon* se refiere a unos pequeños dientes con bordes serrados que encontraron con él, pero probablemente provienen de un carnívoro, La cadera del *Vulcanodon* era como la de un prosaurópodo, mientras que las patas eran como las de un saurópodo, así que probablemente se trate de un "eslabón perdido" entre los prosaurópodos y los saurópodos. El

Vulcanodon puede estar emparentado con el *Melanorosaurus* y el *Cetiosaurus*. El *Vulcanodon* medía unos 6.5 metros de largo.

Vulcanodon

WEIGELTISAURUS

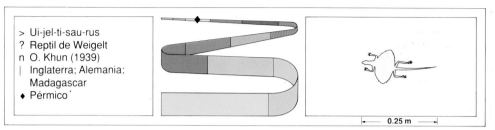

> Ui-jel-ti-sau-rus
? Reptil de Weigelt
n O. Khun (1939)
| Inglaterra; Alemania;
Madagascar
◆ Pérmico

0.25 m

Weigeltisaurus

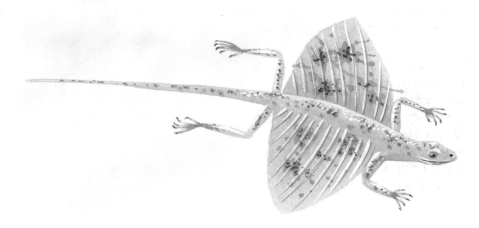

Los primeros reptiles que tomaron los aires fueron los wigeltisaurios. Al principio se interpretó que el *Weigeltisaurus* era una lagartija voladora, algo como el moderno *Draco*, una lagartija que planea entre las copas de los árboles en busca de insectos para alimentarse. Resultó que el *Weigeltisaurus* es un reptil diápsido primitivo, no una lagartija, y es parte de una diversificación en el Pérmico Tardío de esos pequeños animales, que incluyen formas como el *Claudiosaurus*, el *Protorosaurus* y el *Youngina*. Por

fortuna los ejemplares del *Weigeltisaurus* se hallan extremadamente bien conservados, y muestran los delicados detalles de este notable animal. Las costillas a cada lado del cuerpo son muy largas en la parte central del lomo, y se vuelven cortas en la parte delantera y trasera. Esto produce una forma de ala simétrica que posiblemente estuvo cubierta de piel en el animal vivo.

El *Weigeltisaurus* podía planear de un árbol a otro, pero no podía aletear como un pájaro o un murciélago.

YOUNGINA

> Youn-gi-na
? Young (el colector)
n R. Broom (1914)
| África del Sur
♦ Pérmico

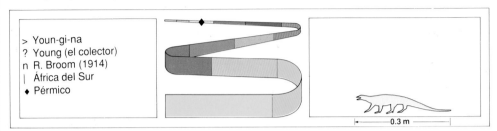

0.3 m

El *Youngina* fue un pequeño animal parecido a las lagartijas. Durante algún tiempo se pensó que era el antepasado de las lagartijas y de los tecondontios, cocodrilos y dinosaurios. Estudios más recientes han mostrado una variedad de parientes del *Youngina* del Pérmico Tardío de África y Madagascar, y éstos parecen estar lejanamente emparentados con las lagartijas y las tuataras.

El *Youngina* tenía un cráneo pequeño y ligero. Los dientes eran muy afilados y anchos, lo que significa que debió tener una dieta de insectos duros o, incluso, caracoles de tierra. En ese caso los dientes debían ser anchos para evitar que se rompieran al quebrar uno de esos animales. La parte trasera del cráneo es considerablemente alta, lo que sugiere la presencia de fuertes músculos para mover las mandíbulas.

El esqueleto del *Youngina* no se conoce completo, pero muestra algunas características de lagartija. El cuello, por ejemplo es corto, mientras que los antepasados de los tecodontios, como el *Protorosaurus*, tenían cuello largo. También hay un ancho hueso en el pecho que une las costillas en esa región.

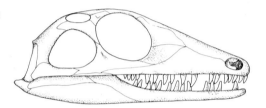

Vista lateral del cráneo del *Youngina*

Esa es una característica especial de las lagartijas. Manos y patas son largas, y los dedos largos y delgados, otra característica que se observa en las lagartijas modernas.

El *Youngina* y sus parientes parecen haberse extinguido a finales del período Pérmico, una época de cambios mayores entre los animales terrestres; los pareiasaurios como el *Scutosaurus* desaparecieron, al igual que muchos reptiles parecidos a los mamíferos.

ZALAMBDALESTES

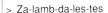

> Za-lamb-da-les-tes
? Diente en forma de lamda
n Z. Kielan-Jaworowska
| Mongolia
◆ Cretácico

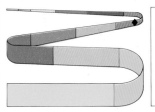

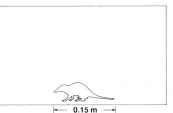

|← 0.15 m →|

Uno de los mamíferos primitivos mejor conocidos y que vivieron al lado de los dinosaurios es el *Zalambdalestes* de Mongolia. Se han encontrado esqueletos bellamente conservados de este pequeño animal parecido a la musaraña, por lo que casi cada parte del cuerpo del *Zalambdalestes* se conoce, con excepción de la cola, las costillas y el frente del hocico. El *Zalambdalestes* tenía un hocico largo con hileras de pequeños dientes afilados de insectívoro. Probablemente tuvo buen sentido del olfato, lo que le permitía rastrear a sus presas. El esqueleto muestra varias características observadas en los mamíferos saltadores como los conejos y las ratas canguro; las patas traseras son más largas y delgadas a fin de proporcionar una patada fuerte para el salto, mientras que los brazos y la columna vertebral son fuertes para amortiguar el impacto de la caída.

El *Zalambdalestes* es uno los mamíferos placentarios más primitivos, puede estar cerca del origen de grupos como los insectívoros, los primates y los murciélagos.

Zalambdalestes

DIRECTORIO DE MUSEOS

Este es un directorio mundial de museos en los que pueden verse exhibiciones de dinosaurios y otros animales prehistóricos.

ÁFRICA

Bernard Price Institute of Palaeontology, Johannesburgo, Sudáfrica.
Kenya National Museum, Nairobi, Kenya.
Musée National du Niger, Niamey, Nigeria.
Museum of Earth Sciences, Rabat, Marruecos.
National Museum of Zimbabwe, Harare, Zimbabue.
South African Museum, Ciudad del Cabo, Sudáfrica.

AMÉRICA DEL NORTE Y DEL SUR

Academy of Natural Sciences, Filadelfia, Pennsylvania, Estados Unidos.
American Museum of Natural History, Nueva York, Nueva York, Estados Unidos.
Buffalo Museum of Science, Buffalo, Nueva York, Estados Unidos.
Carnegie Museum of Natural History, Pittsburgh, Pennsylvania, Estados Unidos.
Denver Museum of Natural History, Denver, Colorado, Estados Unidos.
Dinosaur National Monument, Jensen, Utah, Estados Unidos.
Earth Sciences Museum, (Brigham Young University), Provo, Utah, Estados Unidos.
Field Museum of Natural History, Chicago, Illinois, Estados Unidos.
Forth Worth Museum of Science, Forth Worth, Texas, Estados Unidos.
Houston Museum of Natural Science, Houston, Texas, Estados Unidos.
Los Angeles County Museum, Los Angeles, California, Estados Unidos.
Museo Argentino de Ciencias Naturales, Buenos Aires, Argentina.
Museo de la Universidad de La Plata, La Plata, Argentina.

Museum of Comparative Zoology (Harvard University), Cambridge, Massachusetts, Estados Unidos.
Museum of Natural History (Princeton University, Princeton Nueva Jersey, Estados Unidos.
Museum of Northern Arizona, Flagstaff, Arizona, Estados Unidos.
Museum of Palaeontology (University of California), Berkely, California, Estados Unidos.
Museum of the Rockies, Bozeman, Montana, Estados Unidos.
Museo de Historia Natural, México DF, México.
National Museum of Natural Sciences, Ottawa, Ontario, Canadá.
National Museum of Natural History, Smithsonian Institute, Washington DC, Estados Unidos.
Peabody Museum of Natural History, New Heaven, Connecticut, Estados Unidos.
Pratt Museum (Amherst College), Amherst, Massachusetts, Estados Unidos.
Provincial Museum of Alberta, Edmonton, Canadá.
Redpath Museum, Quebec, Canadá.
Royal Ontario Museum, Toronto, Canadá.
Stovall Museum, Norman, Oklahoma, Estados Unidos.
Tyrrell Museum of Palaeontology, Drumheller, Canadá.
University of Michigan Exhibit Museum, Ann Arbor, Michigan, Estados Unidos.
University of Wyoming (Geological Museum), Laramie, Wyoming, Estados Unidos.
Utah Museum of Natural Science (University of Utah), Salt Lake City, Utah, Estados Unidos

ASIA

Beijing Natural History Museum, Beijing, China.
Geology Museum, Indian Statistical Institute, Calcuta, India.
Institute of Vertebrate Palaeontology and Palaeonthropology, Beijing, China.

Mongolian Academy of Sciences, Ulan Bator, Mongolia.
Museum of Natural History, Osaka, Japón.
National Science Museum, Tokio, Japón.
State Central Museum, Ulan Bator, Mongolia.
AUSTRALIA
Australian Museum, Sydney, Nueva Gales del Sur.
Queensland Museum, Fortitude Valley, Queensland.

EUROPA
Bavarian State Collection for Palaeontology and Historical Geology, Munich, Alemania.
Bernissart Museum, Hainaut, Bélgica.
Birmingham Museum, Birmingham, Reino Unido.
Central Geological Museum, Leningrado, Rusia.
City Museum and Art Gallery, Bristol, Reino Unido.
Civic Museum of Natural History , Milán, Italia.
The Dinosaur Museum, Dorchester, Reino Unido.
Elgin Museum, Elgin, Reino Unido.
Geological and Palaeontological Institute (Universidad de Munster), Munster, Alemania.
Humboldt University (Museum of Natural History), Berlín, Alemania.
Institute and Museum of Geology and Palaeontology (University of Tubingen), Tubingen, Alemania.
Institute of Palaeobiology, Varsovia, Polonia.
Institute de Paléontologie, París, Francia.
Institut Royal des Sciences Naturelles de Belgique, Bruselas, Bélgica.
The Leicestershire Museum, Leicester, Reino Unido.
Musée National d'Histoire Naturelle, París, Francia.
Museo Civico di Storia Naturale di Venezia, Venecia, Italia.
Museum of Isle of Wight Geology, Sandown, isla de Wight, Reino Unido.

Museum of Palaeontology, Instituto de Geología, Roma, Italia.
Natural History Museum (British Museum), Londres, Reino Unido.
Natural History Museum, Viena, Austria.
Oxford University Museum, Oxford, Reino Unido.
Palaeontological Museum (Universidad de Uppsala), Uppsala, Suecia.
Palaeontological Institute, Moscú, Rusia.
Sedgwick Museum (Universidad de Cambridge), Cambridge, Reino Unido.
Senckbenberg Nature Museum, Frankfurt, Alemania.
Stuttgart Museum, Stuttgart, Alemania.
Royal Museum of Scotland, Edimburgo, Reino Unido.

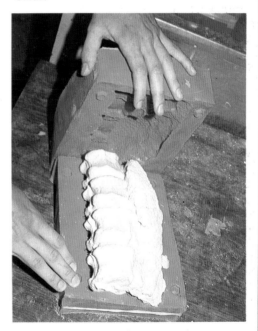

Con frecuencia se hacen moldes de los fósiles de dinosaurios, de manera que los ejemplares se pueden exponer en otros museos. En la foto, se extrae de un molde de hule una copia de tres vértebras en plástico duro.

GLOSARIO

Acuático (``del agua'') Planta o animal que vive en el agua.

Aleta en el lomo Reptil con una gran aleta en el lomo que absorbe calor del sol. *Ver Dimetrodon* y *Edaphosaurus* en la sección alfabética.

Anfibio (``ambas vidas'') Animal cuadrúpedo que puede respirar en el agua y en la tierra. Los anfibios vivos incluyen ranas y tritones.

Anguila Pez que puede respirar en tierra porque tiene pulmones.

Anquilosaurio (``reptil tieso'') Dinosaurio con armadura con una cubierta de placas óseas en el lomo y cola con protuberancias. *Ver* Ankylosauria en la sección alfábetica.

Árbol evolutivo Patrón de la evolución que muestra de qué manera plantas y animales diferentes están relacionados. Se ve como un árbol porque empieza con una especie que evoluciona y se divide en varias ramas.

Arcilla Roca sedimentaria de grano fino formada a partir de lodo endurecido.

Arenisca Roca sedimentaria formada de arenas endurecidas depositadas en un antiguo río, mar o desierto.

Articulación de la cadera Grupo de huesos en la parte baja de la espalda en el que se ensamblan las extremidades inferiores. También se le llama articulación pélvica.

Articulación del hombro Grupo de huesos en los que embonan las extremidades superiores. También se le llama articulación pectoral.

Bacteria (``pequeño bastón'') Criaturas simples y microscópicas de una sola célula.

Biólogo (``experto en la vida'') Científico que estudia las plantas y los animales vivos.

Bípedo (``dos pies'') Animal que camina sólo sobre sus patas traseras.

Bóveda craneana Parte del cráneo que contiene al cerebro.

Caparazón (``cubierta'') Escudo óseo que cubre parte de ciertos animales, por lo general el lomo.

Carbonífero (``producción del carbón'') Era de los pantanos de carbón, entre hace 360 y 286 millones de años, cuando los anfibios dominaban la Tierra.

Carnívoro Animal que come carne. La palabra se usa en especial para el orden de mamíferos Carnivora, que incluye gatos, perros y osos.

Carnosaurio (``reptil que come carne'') Dinosaurio grande que come carne, como el *Tyrannosaurus* o el *Allosaurus*. *Ver* Carnosauria en la sección alfábetica.

Célula (``espacio pequeño'') La unidad básica de todas las cosas vivientes.

Cenozoico (``vida reciente'') La era de los mamíferos, de hace 65 millones de años a la fecha. También se conoce como terciario.

Ceratopsio (``cara con cuernos'') Dinosaurio herbívoro con cuernos en el hocico y en la cara, y con un collar córneo sobre el cuello. *Ver* Ceratopsia en la sección alfábetica.

Cinodonte (``diente de perro'') Reptil carnívoro parecido a los mamíferos. Los cinodontes incluyen a los antepasados de los mamíferos.

Clasificación La distribución de animales y plantas en un orden que muestra cómo se relacionan unos con otros.

Coelurosaurio (''reptil hueco'') Pequeño dinosaurio carnívoro, como el *Coelophysis* o el *Compognathus*. *Ver* Coelurosauria en la sección alfabética.

Compuesto químico (''químicos juntos'') Sustancia hecha de dos o más elementos. El agua es un compuesto químico hecho de hidrógeno y oxígeno.

Continente (''tierra continua'') Gran masa de tierra. En la Tierra hay siete continentes. Ejemplos: Europa, África, Asia.

Corteza Superficie fría de la Tierra que flota sobre el interior fundido.

Cráneo Huesos de la cabeza que sostienen la cara y protegen el cerebro, los ojos, la nariz y la boca.

Cretácico (''era caliza'') Tercer período geológico en la ''era de los dinosaurios'', comprendido entre hace 144 y 65 millones de años.

Deinonicosaurio (''reptil con garras terribles'') Dinosaurio carnívoro que vivió en el Cretácico. Los deinonicosaurios tenían en los dedos de las patas largas garras en forma de guadaña para atacar a sus presas. *Ver* Deinonychosauria en la sección alfabética.

Dentina (''diente'') Parte blanda en el interior de un diente que contiene nervios y vasos sanguíneos.

Depósito (''caído'') Masa de rocas sedimentarias, como la arcilla y la arenisca.

Deriva continental El movimiento de las masas de tierra de nuestro planeta a lo largo de millones de años.

Descomposición radiactiva Liberación de pequeñas partículas radiactivas que provoca cambios en una roca.

Dinosaurio (''lagartija terrible'') Reptil terrestre de gran tamaño que vivió en los períodos Triásico, Jurásico y Cretácico.

Dinosaurio con armadura Hubo tres grupos de dinosaurios con armadura, los cuales estaban protegidos con placas óseas, espinas o cuernos. *Ver* Ankylosauria, Ceratopsia y Stegosauria en la sección alfabética.

Dinosaurio pico de pato Otro nombre para los hadrosaurios, un tipo de reptil herbívoro bípedo que tenía el hocico plano como el pico de un pato.

Ejemplar Ejemplo de una planta o animal que los científicos estudian.

Eoceno (''nuevo amanecer'') Segunda división del Cenozoico, entre hace 55 y 38 millones de años.

Era Largo período de tiempo geológico, como la Era Mesozoica.

Era glaciar Una época de miles de años de duración en la que grandes superficies de la Tierra estuvieron cubiertas de hielo.

Esmalte (''cubrir con'') La cubierta exterior blanca y dura de un diente. Cubre la dentina suave del interior.

Especie Grupo de animales semejantes que pueden reproducirse entre sí.

Estegosaurio (''reptil con placas'')

Dinosaurio con armadura que tiene placas óseas en el lomo, como el *Stegosaurus* y el *Kentrosaurus*.
Ver Stegosauria en la sección alfábetica.

Evolución (''desenvolvimiento'') Desarrollo de las plantas y animales a través del tiempo geológico, y la manera cómo se dio ese desarrollo. Las plantas y los animales evolucionan como resultado del cambio de sus condiciones de vida.

Extinción (''desaparición'') Muerte de un grupo de plantas o animales.

Familia Grupo de plantas o animales estrechamente relacionados.

Fanerozoico (''vida común'') Intervalo de tiempo que va de hace 579 millones de años a nuestros días. Se divide en Paleozoico, Mesozoico y Cenozoico.

Fósil (''excavado'') Los restos de algo que alguna vez tuvo vida. Con frecuencia los fósiles tienen una edad de millones de años y se convierten en roca.

Género Grupo muy estrechamente relacionado de especies de plantas y animales.

Geólogo (''experto en la tierra'') Científico que estudia las rocas y la historia de la Tierra.

Hadrosaurio (''gran reptil'') Dinosaurio herbívoro del Cretácico Tardío, llamado con frecuencia dinosaurio ''pico de pato'' por el hocico ancho y plano.

Helecho gigante Tipo primitivo de helecho que se veía como un árbol.

Ictiosaurio (''reptil pez'') Reptil extinto parecido a los delfines.

Infraorden (''orden inferior'') División de un orden de plantas o animales. La infraorden Carnosauria es un subgrupo de la orden Saurischia.

Insectívoro (''comedor de insectos'') Mamíferos, como las musarañas y los erizos, que viven de insectos.

Jurásico (''edad Jura'', de las montañas Jura donde por primera vez se bautizaron las rocas de este período) Segundo período geológico de la ''era de los dinosaurios'', entre hace 208 y 144 millones de años.

Lagartija Pequeño reptil cuadrúpedo con cola larga.

Laguna Lago tranquilo y poco profundo conectado con el mar o un río.

Mamífero Animal peludo de sangre caliente que produce leche para alimentar a sus crías. Ejemplos: ratones, conejos, elefantes y humanos.

Marsupial (''animal con bolsa'') Mamífero que lleva a sus recién nacidos en una bolsa.

Mesozoico (''edad media'') La ''era de los dinosaurios'', entre hace 245 y 65 millones de años, la cual incluye al Triásico, al Jurásico y al Cretácico. El Mesozoico es la ''edad media'' entre el Paleozoico y el Cenozoico.

Microscopio (''observador de cosas minúsculas'') Instrumento usado para ampliar y examinar cosas extremadamente pequeñas.

Migración (''movimiento'') Movimiento de grandes grupos de animales a lo largo de grandes distancias. Muchas aves, por ejemplo, durante el invierno migran al sur a climas más cálidos.

Mioceno (''menos nuevo'') Cuarta división del Cenozoico, entre hace 25 y 5 millones de años.

Molares Dientes de la parte de atrás de la mandíbula que sirven para triturar la comida.

Monotrema (''un agujero'') Mamífero primitivo que pone huevos en lugar de que sus crías nazcan vivas. Ejemplos: el ornitorrinco y el hormiguero espinudo.

Multituberculado (''muchas jorobitas'') Mamífero con muchas jorobas y protuberancias en los dientes.

Oligoceno (''ligeramente nuevo'') Tercera división del Cenozoico, entre hace 38 y 25 millones de años.

Orden Grupo grande de especies que se relacionan distantemente entre sí; es un grupo más grande que el género o la familia.

Organismo Cualquier cosa capaz de vivir; todas las plantas y animales son organismos.

Ornitisquio (''cadera de ave'') Orden de dinosaurios que incluye a todos los herbívoros bípedos, así como a todos los dinosaurios con armadura. *Ver* Ornithischia en la sección alfábetica.

Ornitomimosaurio (''reptil que imita a las aves'') Dinosaurio carnívoro esbelto y bípedo como el *Ornithomimus*. *Ver* Ornithomimosauria en la sección alfábetica.

Ornitópodo (''pata de ave'') Dinosaurio herbívoro bípedo sin espinas o cuernos.

Shantungosaurus, dinosaurio pico de pato gigante, en el Museo de Historia Natural de Beijing.

Ejemplos: el *Iguanodon* y los dinosaurios pico de pato.
Ver Ornithopoda en la sección alfábetica.
Paleoceno (''viejo nuevo'') La primera y más antigua división del Cenozoico. La época entre hace 65 y 55 millones de años, cuando la ''nueva vida'' del Cenozoico se iniciaba.
Paleontólogo (''experto en la vida antigua'') Científico que estudia los fósiles y la historia de la vida.
Paleozoico (''vida antigua'') La primera era de la vida común, que abarca de hace 570 a 245 millones de años. La ''era de los peces y los anfibios''.
Pantano de carbón Un pantano del carbonífero que, después de millones de años, quedó enterrado y se transformó en carbón.
Paquicefalosaurio (''reptil de cabeza gruesa'') Dinosaurio herbívoro con la bóveda craneana muy gruesa, posiblemente usada para luchas a topes.
Ver Pachycephalosauria en la sección alfábetica.
Partícula magnética Compuesto químico que contiene hierro y apunta hacia el polo norte.
Período División geológica del tiempo, como el Triásico, el Jurásico y el Cretácico.
Pérmico (''era Perm'', del distrito ruso de Perm, donde las rocas de este período fueron bautizadas) Tiempo entre hace 286 y 245 millones de años, cuando abundaban los reptiles primitivos.
Piedra caliza Piedra sedimentaria de grano fino formada por diferentes tipos de carbonato de calcio.

Placa La superficie de la tierra está dividida en muchas secciones llamadas placas, las cuales se mueven durante la deriva continental.
Placentario (''tarta'') Mamífero que emplea vasos sanguíneos para alimentar a sus crías mientras se desarrollan en el interior del cuerpo de la madre.
Pleistoceno (''muy nuevo'') Sexta división del Cenozoico, entre hace 2 y 0.01 millones de años.
Plesiosaurio (''reptil nuevo'') Reptil marino extinto de largo cuello.
Plioceno (''más nuevo'') Quinta división del Cenozoico, entre hace 5 y 2 millones de años.
Precámbrico (''antes del Cámbrico'') La primera división del tiempo de la Tierra, desde su origen, hace 4,600 millones de años, hasta el inicio del Fanerozoico, hace 570 millones de años.
Primate (''uno de los primeros'') Mamífero placentario de cara aplanada con muy buena vista. Ejemplos: monos y humanos.
Prosaurópodo (''antes del surópodo'') Dinosaurio herbívoro que vivió antes que los saurópdos en el Triásico Tardío y el Jurásico Temprano.
Ver Prosauropoda en la sección alfábetica.
Pterosaurio (''reptil ala'') Antiguos reptiles voladores con alas de piel. No eran aves y no tenían plumas.
Reconstrucción (''construir de nuevo'') Modelo o dibujo que muestra cómo pudo haberse visto un dinosaurio.

Reptil ("que se arrastra") Animal cuadrúpedo de sangre fría con escamas que pone huevos en la tierra. Los reptiles vivos incluyen a las serpientes, las tortugas y los cocodrilos.

Reptil parecido a los mamíferos Reptil que tiene algunas características en común con los mamíferos. Los mamíferos evolucionaron a partir de los reptiles parecidos a los mamíferos.

Roca radiactiva Roca que libera pequeñas partículas invisibles.

Roca sedimentaria Tipo de roca que se formó de lodo o arena, como la arenisca y la piedra caliza.

Salamandra ("cola visible") Anfibio parecido al tritón.

Saurisquio ("cadera de lagartija") Dinosaurio cuadrúpedo carnívoro o herbívoro grande. *Ver* Saurischia en la sección alfabética.

Saurópodo ("pata de reptil") Dinosaurio herbívoro grande con cuello y cola largos, como el *Diplodocus* o el *Apatosaurus*. Vivieron en el Jurásico y el Cretácico. *Ver* Sauropoda en la sección alfabética.

Sauropodomorfo ("forma de pata de reptil") Dinosaurio herbívoro de cuello largo, tanto prosaurópodo como saurópodo. *Ver* Sauropodomorpha en la sección alfabética.

Segnosaurio ("reptil lento") Extraño tipo de dinosaurios carnívoros. *Ver* Segnosauria en la sección alfabética.

Selección natural Proceso natural en el que se eliminan los animales débiles para que los más fuertes puedan sobrevivir y alimentarse.

Simétrico ("con medida") Algo que pude dividirse en porciones similares iguales.

Subespecie ("parte de una especie") Grupo de animales de una especie que se reproducen entre sí pero se ven ligeramente diferentes de los otros miembros de la especie.

Suborden Grupo de plantas o animales más pequeño que una orden.

Tecodontio ("diente con alveolo") Primer grupo de reptiles que tuvo los dientes en alveolos.

Tejido suave Grupos de células que forman todas las partes del cuerpo, menos los huesos. Rara vez se conservan los tejidos suaves en un fósil.

Terápodo ("pata de bestia") Dinosaurio carnívoro como el *Coelophysis*. *Ver* Therapoda en la sección alfabética.

Terciario ("tercera división") Otro nombre del Cenozoico.

Triásico ("tres partes") Primer período geológico en la "era de los dinosaurios", de hace 245 a 208 millones de años. El nombre Triásico se refiere a que el período se divide en tres partes.

Tuatara ("espina en el lomo") Reptil grande que sólo se encuentra en Nueva Zelanda. Tiene una hilera de espinas amarillas en el lomo.

Vértebra Hueso de la columna vertebral. La columna vertebral está formada por muchas vértebras.

ÍNDICE

Los números de páginas en *itálica* se refieren a ilustraciones.